# 下鴨料亭味くらべ帖２

魚の王様

柏井 壽



PHP
文芸文庫

○本表紙デザイン＋ロゴ＝川上成夫

# 目次

## 〈主な登場人物紹介〉

朱堂明美《すどうあけみ》……糺《ただす》ノ森《もり》山荘の九代目主人
朱堂　旬《しゅん》……糺ノ森山荘の八代目主人（明美の夫）
朱堂総一郎……糺ノ森山荘の七代目主人（明美の父）
萩原次郎……糺ノ森山荘の元板長《いたちょう》。現在は、系列店の泉川《いずみかわ》食堂を任されている
岩田六郎《ろくろう》……糺ノ森山荘の現板長
伏原宣家《ふせはらのりいえ》……糺ノ森山荘の大番頭
和泉《いずみ》悦子……糺ノ森山荘の仲居頭
和泉　翔《しょう》……悦子の息子
華山芳夫《はなやまよしお》……祇園花見小路の老舗《しにせ》料亭『華山』の主人。京料理界の重鎮《じゅうちん》
木平芳子……華山の娘
僧休《そうきゅう》……糺ノ森で野点《のだて》を行なう、風流人。かつての京都財界の大物との噂も
秋山満男《みつお》……グルメ評論家
篠原徹夫《てつお》……豪華船クルーズ「飛鳥Ⅱ」に関わる仕事をしている会社社長

第一話

# 鳥料理対決

1

今年もなんとか『糺《ただす》ノ森《もり》山荘』は新しい年を迎えることができました。

例年にも増して、たくさんおせち料理をご注文いただいたんですけど、スタッフの総力を結集したおかげで、すべてのお客さんのもとへ無事にお届けできました。みんなよう働いてくれるんです。ありがたいことやと感謝してます。

今の時代、京都の老舗《しにせ》料亭でございます、と言《ゆ》うて涼しい顔してられしません。

どうにかこうにかお店を続けられてますけど、いつどうなるや分からへんていうことを、長いコロナ禍で、イヤと言うほど思い知らされました。

苦しいときの神頼みとは、よう言うたもんで、『糺ノ森山荘』最大のピンチを切り抜けられたんは、神さんのおかげです。

まだ謎を秘めてはりますけど、岩田六郎《いわたろくろう》さんという料理人さんが飛び込んできてくれはったんで、以前から板長を務めてた萩原次郎《はぎわらじろう》も発奮して、店に活気が戻ってきたんです。

料理対決で次の年の板長を決める、てな奇抜なアイデア出したんですけど、結果オーライでした。板場に緊張感が生まれたんです。

年間の結果がまさか引き分けになるとは思うてもみませんでした。引き分けになったときの取り決めをしてなかったんで、ちょっと困ってます。

今日は仕事始めです。て言《ゆ》うても営業は明後日からですさかい、形だけのことで、『下鴨神社《しもがもじんじゃ》』さんへスタッフ揃うてお詣《まい》りするのが毎年のしきたりになってます。

「おめでとうさんです」

楼門《ろうもん》の前に集合して、みなが揃うたとこで新年の挨拶を主人がするのは、父の代からの恒例になってます。

「おめでとうございます」

スタッフの声が揃うてるような、バラバラなような感じになるのも毎年のことです。

先頭切って歩き始めて、楼門の前で一礼してから中門《ちゆうもん》に向かいます。

これまでは夫の旬《しゆん》さんが主人やったさかい、先頭でしたけど、今は真ん中へんを気楽に歩いてます。

首からカメラぶらさげてる姿は、とても八代目主人、朱堂旬《すどうしゆん》には見えしません。観光客に間違えられるやろなぁと、つい笑うてしまいます。

「ええお正月でしたか？」

真後ろを歩く大番頭の伏原宜家《ふせはらのりいえ》に訊ねるのも型どおりです。

「酒飲んでおせち食べて、あとは寝正月。いつもの年と変わりまへん」

宜《のり》さんの頬《ほお》がうっすらと赤ぅ染まってるのはお酒のせいですやろか。

「宜さんは病気持ちなんやさかい、飲み過ぎたらあきませんえ」

釘《くぎ》を刺しときました。

「家内とおんなじこと言いなはんなや。正月ぐらいよろしいがな」

宜さんは口をへの字に曲げてます。

「女将《おかみ》さんも奥さんも宜さんのことを心配して言うてくれてはるのやさかい、感謝せなあきまへん。そんな仏頂面してどないしますのん」

仲居頭《なかいがしら》の和泉悦子《いずみえつこ》さんがたしなめてます。

ほんまにふたりはええコンビです。『紀ノ森山荘』があんじょうやっていけてるのも、このふたりのおかげやと思うて、いっつも感謝してます。

「悦子さんまで、わしのこと気遣うてくれはるやなんて、ありがたすぎて涙が出ますわ」

宜さんが憎まれ口たたいてます。

お詣りはそれぞれ別々にします。いっせいにお詣りするのも不気味ですやろ。それに『下鴨神社』さんは言社《ことしゃ》ていうて、干支《えと》によってお社《やしろ》が違いますねん。こんな形はここだけと違いますやろか。

若い女性スタッフは、みんなから見られへんタイミングを狙うてお詣りするんでっせ。なんでかて言《ゆ》うたら、干支で歳が分かるさかいです。ちょっとでも若《わこ》う見られたいんですやろ。わたしなんか開き直って、堂々と卯年《うさぎどし》のお社にお詣りしますけど。

男のひとは平気です。萩原次郎も両手を合わせて熱心に拝んでます。それを遠くから悦子さんが見てるんですけど、なんで眉をひそめてるんですやろ。

そう言うたら悦子さんは、朝一番に萩原と挨拶するときも、なんとのう他人行儀な感じでした。なんかあったんですやろか。

悦子さんは萩原を弟みたいに可愛がってますけど、萩原のほうはときどき面倒くさそうな顔してます。ほんまの姉弟《してい》みたいで微笑《ほほえ》ましいなぁといっつも思うてます。

特別に宮司《ぐうじ》さんに祝詞《のりと》をあげてもろたら、『下鴨神社』さんへの初詣《はつもうで》はおしまいです。

お詣りのあと板場へ戻って、神棚のお札《ふだ》を新しいのと替えて、お店の今年の無事を祈ります。

「今年もよろしゅう頼みますえ」

挨拶をして、みんなにお年玉代わりの大入袋《おおいりぶくろ》を配るのは先々代からの習わしです。

三々五々《さんさんごご》みんなが帰っていったあと、萩原と岩田さんのふたりだけ残ってもらいました。

今年の板長《いたちょう》をどっちにするか決めるていう、だいじなお話です。

「まさか引き分けになるやなんて思うてへんかったんで、どないしたらええか悩んでます。おふたりの気持ちを聞かせてもらえますやろか」

正直な気持ちをふたりに伝えたら、先に岩田さんが反応しはりました。

「女将さんに決めていただくのが一番だと思います。どう決まっても必ず従います。萩原くん、それでいいですよね」

岩田さんがとなりの萩原に顔を向けはりました。

「はい。女将さんに決めてもろたらええんですけど、ぼくは岩田さんが板長を続けるべきやと思うてます。引き分けていうのは現状維持、なにも変わらんでええていう意味やと解釈してます」

萩原が岩田さんの顔を見返しました。

「たしかに。そう言われたらそうやね。ほかの勝負ごともたいていそうや。ほな、岩田さん、引き続き板長をお願いできますやろか」

正直なとこ、できたら岩田さんに引き続き板長をまかせたいなぁと思うてたんで、渡りに船ていうとこです。

「女将さんのお言葉となれば異論はありません。精いっぱい務めさせていただききっぱりと岩田さんが言い切らはって一件落着。なんや拍子《ひようし》抜けしましたわ。ます」

岩田さんはともかく、萩原がすんなり引き下がったんは意外でした。

なんとか板長に返り咲きたいと思うてたはずやし、引き分けやったんやさかい、話の流れによっては、充分その可能性はあったのに。

闘争心むき出しやった性格がおとなしいなったんも、岩田さん効果ですやろかね。

なんにしても岩田板長のもとで、今年も板場の体制が整うたんはありがたいことです。

コロナのせいでこの二、三年低迷してた業績を今年はなんとか取り戻したいもんです。緊急事態宣言とかで、開店休業状態になるようなことには、もう二度とならへんと信じてます。

V字回復とまではいかんでも、コロナ前ぐらいにはなってくれんと、ベースアップもできしません。ここんとこ原材料が異常なほど高騰《こうとう》してますさかい、なんぼ売り上げが伸びても、収益は下がるいっぽうです。

「女将さん、ひとつ相談があるんですけど」

岩田さんの言葉に我《われ》に返りました。

「なんです？」

「仕入れ先のことなのですが、見なおしてみてはどうでしょう。ここまで原価が上がると価格を上げないといけなくなるのは目に見えてます。しかしできれば上げたくない。となれば仕入れのほうをなんとか……」

まるでわたしの胸のうちを見透かされてたみたいで、びっくりしました。

「原材料がめちゃくちゃ上がってることは、ぼくも気になってますが、かと言《ゆ》うて今すぐ仕入れ先を見なおすのはどうかと思います。長年の信頼関係もありますし、仕入れ先を変えたさかいて言《ゆ》うて、仕入れ価格がかならず下がるとは限りませんし」

萩原が言うこともっともです。

「すぐに変えようと言ってるわけじゃない。生鮮品はともかく、調味料などは別のところで見積もりぐらい取ってみてもいいのでは、という話だよ」

岩田さんの言い分もよう理解できます。

「分かりました。たしかにこない原価が上がったら価格を見なおさんとあかんなぁと思うてたとこです。いっぺん旬さんとも相談してみます」

こないしてお店の経営状況まで、料理人が考えてくれるのはありがたいことやと思うてます。

こんなん言うたらなんですけど、むかしは板長と仕入れ業者がおかしな関係になってたことがあったみたいです。板長が仕入れ業者からリベートをもろて便宜《べんぎ》をはかるて、ようある話やて父も言うてました。

よそのお店では今でもそんな噂《うわさ》を聞くことがありますし、ほんまにうちの店はスタッフに恵まれてます。

スタッフの話で言うたら、なによりうれしいのは、宜さんが完全復帰してくれたことです。脳の病気やていうことで、長引くんと違うかしらんと思うてただけに、喜びもひとしおです。やっぱり宜さんが居てくれはらんと、『紀ノ森山荘』らしさが出ぇしません。

せやさかい健康には注意してもらわんと。タバコは完全に止《や》めたて聞きましたけど、お酒のほうは病気する前とあんまり変わってへんみたいで、心配してます。

## 2

その宜さんと悦子さん、旬さんの四人で、お昼からお稲荷《いなり》さんへお参りに行くことになってます。

なんて言うても商売繁盛の神さんの大本ですさかい、何をおいても『伏見《ふしみ》稲荷大社』さんへ正月詣りせんことには落ち着きまへん。もとは主に五穀豊穣《ごこくほうじょう》を願う神社やったんですけど、わたしら商売人にとっては、商売繁盛のご利益を授かるだいじな神さんです。

そしてその帰りに門前のお店でおいしいもんを食べるのも愉《たの》しみです。

うちの店から出町柳《でまちやなぎ》駅まで歩いて行って、京阪《けいはん》本線に乗ったら十五分ほどで伏見稲荷の駅に着きます。

やっぱり初詣の参拝客がようけやはりますわ。人波をかき分けてようやく本殿《ほんでん》までたどり着きました。

柏手《かしわで》を打って四人揃うてお詣りしたら、晴れ晴れとした気持ちになります。

「今年のお正月はなんだか暖かいような気がするね。雪も降らないし、冷え込みもきつくないし、ありがたいよ」

お賽銭《さいせん》を納めて、旬さんはホッとしてはるようです。

旬さんらしいなぁて、こっちも気持ちが温《あたた》こうなります。不平不満を口にすることはめったにないし、なんでもありがたがらはるし、いっつも前向きなんです。見習わんとと思いますけど、つい愚痴《ぐち》ってしもたりします。

今年も繁盛しますように。神頼みを済ませたら恒例のお愉しみ、焼鳥飲みが待ってます。

鳥居のすぐ前に建つ茶店の二階に上がりこんで、まずはビールで乾杯。そのあとは日本酒に切り替えて、焼鳥やらいなり寿司やらに舌鼓《したつづみ》を打つていう段取りです。この行事も先々代からの恒例になってます。

「ところで、今年の板長はもう決めはったんでっか？　去年の料理対決は引き分けでしたさかい、もめましたやろ」

座敷に座るなり宜さんが切りだしました。

「それが意外なことに、すんなり岩田さんに決まりましたんや」

「萩原は文句言いまへんでしたんか。てっきり萩原がごてよるやろと思うてましたわ」

「そうですやろ。わたしもそうなるんやないかと案じてたんですけど、萩原のほうから、板長は岩田さんが続けるべきやて」

そう言うと悦子さんは、暗い顔で首をかしげてます。

「萩原もおとなになりよったんですやろ。けっこうなこっちゃ」

悦子さんと対照的に、宜さんは納得したようにうなずいてます。

「岩田さんが本領を発揮《はっき》するのはこれからだから、よかったんじゃないか。今年も幸先のいいスタートを切れそうだ。さすが神さまご指名の九代目だね」

旬さんは本気で言うてはるのか冗談なんか、分からしまへん。

「そうと聞いたら、ウズラが一段と旨《うも》ぅなりますなぁ」

宜さんはバリバリ音を立てて、骨付きウズラにかじりついてはります。

「ぼくはスズメ派だな。このほろ苦さがたまらん。赤ワインを持ち込めばよかったね」

旬さんも骨ごと食べてはります。

たしかにウズラもスズメもジビエみたいなもんやさかい、ワインがよう合いそうです。けど、そんなん持ち込んだらお店に迷惑ですやろ。

「気ぃつけはらんと歯が折れますえ」

わたしは差し歯を入れてますさかい、骨は外していただきます。子どものときは、スズメを食べるて、なんちゅう残酷《ざんこく》なことするんやろ、て抵抗しましたけど、今ではこれが愉しみになりました。人間て慣れるもんどすな。

「うちでもお客さんに出してみまひょか」

宜さんが大胆な提案をしました。

「それはどうかな。お稲荷さんの門前茶屋だから受け入れられてるけど、下鴨《しもがも》では拒否反応を示すお客さんが多いと思うよ」

わたしも旬さんとおんなじ意見です。

「子どものときに不思議に思うたんで、父に訊いたんです。なんでお稲荷さんのお店ではスズメを焼いて食べさせはるん？　て。そしたら父が、スズメは米を食い荒らしよるさかい、焼いてこらしめに食べるんや、て。お稲荷さんに許しを得てスズメ退治するいうことですやろ。下鴨の神さんはスズメと仲良ぅせんとあかんて言《ゆ》うてはるんと違いますやろか」

「そうかぁ、あきまへんか。みたらし団子みたいに名物になるかと思うたんでっけど」

　宜さんが残念そうに首をかしげてます。

「名物ってその場所にゆかりがないとね。最近はなんでもかんでも〈映《ば》え〉れば名物になるみたいだけど」

　旬さんの言わはるとおりです。お肉やらお刺身やらをご飯に山盛り載せて、お店の名前を付けて名物にしてはるお店が、最近の京都にも増えてきたんですけど、ただ〈映え〉を狙うただけの料理に、なんで並んでまで食べに行かはるのか分かりません。幸い、岩田さんも萩原も〈映え〉ることにはまったく興味がないみたいなんで、おかしな料理は出さんで済んでます。

「〈映え〉やとか、話題になるとかは要《い》りません。うちはあくまで正統派でいきます」

　きっぱりと言いきったら、宜さんが苦笑いしながら手をたたきました。

　そんな話の輪に入ることもなく、悦子さんは黙々といなり寿司を食べてます。たしか鳥肉系が苦手やったと思いますけど、なんとのう元気がないようで気になります。

「正月早々、えらい暗い顔してるやないか。なんぞ悩みでもあるんかいな」

　宜さんもおんなじこと思うてたみたいです。

「こないだから、ちょっと気になることがあって……」

　悦子さんが長いため息をつきました。

「その、気になることってのをみんなに聞かせてくれるかな。話せる範囲でいいんだけど」

　こういうときの旬さんの訊き出しかたはほんまにじょうずです。

「ここで話せんようなことやったら、あとでわしにこっそり聞かしてくれてもええで」

　宜さんのフォローも絶妙ですわ。

「うちの思い過ごしやったらええんですけど、もしかしたらお店に迷惑が掛かるんやないやろかて案じてます」

悦子さんがお酒を一気に飲み干しました。

「店に迷惑が？　ただごとやないな。思い過ごしでもええさかい、話を聞かせてもらおやないか」

むずかしい顔して、宜さんが身を乗りださはったんも、もっともなことです。

店に迷惑が掛かるやなんて、どういうことやろ。

「実はうち、次郎ちゃんが或《あ》るひとと会うてはるとこを見てしもたんです」

うつむき加減で悦子さんがそう言うと、三人は声を揃えました。

「萩原が或るひとと？」

「ひょっとして不倫どすか？　萩原が奥さん以外の女性と会うてたとか」

今日《きょう》びは従業員の不祥事《ふしょうじ》ひとつでも、お客さんの足が遠のいたりする時代です。

けど、どうやらそうやないみたいで、悦子さんはすぐに首を横に振ってから、ちょっと間をおいて口を開きました。

「去年の暮れも押し詰まったころ、錦市場《にしきいちば》へ買い出しに行ったときのことです。ようけの人出《ひとで》やったんで人疲れしてしもて、『京都スタアホテル』でお茶でもしよか思うてラウンジへ行ったんです」

「あそこはええホテルやな。わしもちょいちょいバーへ行くんやが、あんまり酒が旨いもんやさかい、いっつもへべれけになる……」

わたしがにらんだもんやさかい、宜さんは話の途中で慌てて口をふさぎました。

「そこに萩原が居たんだね」

旬さんは悦子さんの杯にお酒を注いではります。

「はい。次郎ちゃんが若い男のひとと個室に入って行ったんです」

「お友だちと個室に入って行ってもかましまへんやんか」

ひとに聞かれとうない話があるときは、わたしも女友だちと個室を使うことがあります。

「友だちやろかとうちも思うたんですけど、一緒にやはったんが、あの宮澤《みやざわ》さんですねん。びっくりしましたわ」

「あの宮澤さんて、ドバイに住んではるＩＴ長者のか？」

宜さんが驚いた顔を向けると、悦子さんはうなずいてから、話を続けます。

「宮澤さんて言うたら、京都の人気店をようけ買収してはるし、目を付けた料理人のオーナーになってお店を持たしたりしてはるので有名なひとやし、そんなひとと次郎ちゃんが会《お》うてる。もしかして引き抜き話と違うやろかと。さっき女将さんが今年の板長を決めるのに、次郎ちゃんがあっさり引き下がらはったて聞いて、やっぱりそうやったんかて……」

悦子さんはうつむいて唇を噛《か》んでます。

思いも掛けん話が飛びだして、三人ともただただ唖然《あぜん》としているだけで、言葉も出てきません。

二、三年前からですやろか、テレビにもよう出てはるIT長者の宮澤さんが、京都でお料理屋さんを買収したり、新しいレストランを開いたりしはるようになったんは。

コロナで経営が厳しいなったお店はターゲットになってるみたいで、有名なお店も何軒か宮澤さんの経営に代わった、て噂が流れてました。

もっとも噂が先行してて、実態はどうや分からんとこもあります。

けど、引き抜き話はたいていほんまのことで、立板《たていた》はもちろん、脇板《わきいた》やら、ときには煮方《にかた》の子にまで手を伸ばしてはるて聞きます。

せっかく手塩に掛けて育ててきたのに、トンビに油揚げさらわれたみたいや、て嘆《なげ》いてはるお店のご主人も少のうないみたいです。

お正月早々重苦しい空気に包まれてしもて、急にみんなの言葉が少のうなりました。

宜さんはやけ酒みたいにして、ぐいぐい飲んでますし、旬さんは困り顔して咳《せき》払いしてはります。

「萩原なら宮澤さんが目を付けても不思議じゃないし、萩原のほうも自分の店を持たせてもらえるなら、と思っても当然だろうね」

ようやく口を開かはった旬さんの言葉を誰も否定できません。

たしかに宮澤さんがオーナーになってはる店は、どこも予約の取れへん人気店やし、萩原にとっては願ってもない話ですやろ。けど、それやったらそうて言うてくれんと。

「ここで詮索《せんさく》してても、らちがあきませんやろ。本人に直接訊いてみましょか？」

「女将さん、どない言《ゆ》うて訊かはります？　宮澤さんと会《お》うてたことを、次郎ちゃんは内緒にしてはるんやさかい、うちが告げ口したみたいになりますやん」

わたしの提案に悦子さんが異を唱えるのも、もっともなことです。

「告げ口したみたい、て、悦子はんが告げ口したんはたしかですがな」

宜さんは半笑いしてます。

どないしたもんですやろ。

こういうときこそ、主人の出番。事実をしっかりたしかめて、大事にならんよう差配せんとあきません。

そう思うたもんの、ちっともええ知恵が浮かびません。

もしも萩原がうちを辞めたら、岩田さんひとりで料亭と食堂の両方を仕切らんなりません。それはむずかしおすやろ。

「わしは悦子はんの思い過ごしや思いまっせ。萩原はそんな不義理するような人間やない。もしもその気があるんやったら、女将さんに話しとるはずです」

宜さんは萩原を信じてるみたいです。

「宜さんの言うとおり、なにかあれば萩原は自分から言うだろうから、しばらく様子を見ればいいんじゃないか」

　旬さんはいっつも楽観的です。

もしものことばっかり考えてても、しょうがおへんし、萩原がどう出るかを見てるしか手立てがないように思えてきました。

「早いめに次の料理対決をしたほうがよろしいやろね。萩原がどう対処するかで、いろんなことが見えてくるやろし」

　そう提案すると、三人はしぶしぶといったふうに、うなずいてくれました。

「今度は何をテーマにしまひょ。王道で鯛《たい》とかどないです？」

　宜さんの提案も悪いことないんですけど、鯛は春を待ったほうがええように思います。桜鯛て言われるように、春においしいなるていうのが通説です。

「目の前にあるから言うわけじゃないけど、鳥料理はどうかな。鳥って言うとたいてい鶏肉をイメージするだろ？　でも今日みたいにスズメやウズラ、鴨《かも》とかも含めると幅が広がるし、我々も審査する愉しみが増えるからね」

　さすがは旬さん。ええ案やと思います。

　たしかに鳥料理て言うたら、すぐに鶏を思い浮かべますけど、鴨もおいしいし、北京ダックみたいなアヒルも、クリスマスの七面鳥《しちめんちょう》もあるし、思いのほかバリエーションがあるさかい、料理人の力量をはかるにはもってこいの食材かもしれません。

「よろしいな。ふたりがどんな鳥を使うて、どう料理するか愉しみですわ」

宜さんが賛同しました。

「うちはどんな鳥も苦手どすけど、ええ料理があったら新メニューにもできますし、ええと思います」

仕方なしていう感じやけど、なんとか悦子さんの賛同も得て、これで決まりです。

次の料理対決は鳥料理。あとは審査員の都合を訊いて、日程を調整する段取りです。

悦子さんから聞いた話はショックどしたけど、いずれは通らんならん道やとも思いますし、萩原の気持ちも尊重してやらんとあきません。

ひょっとしたら、これが岩田さんとの最後の料理対決になるかもしれません。そう思うたらお正月気分に浸ってる場合やおへん。

しっかり気を引き締めて、準備に掛からんと。

けど、どんな対決になるんですやろ。愉しみなような、怖いような、です。

3

松の内が明けるといっぺんにヒマになります。節分《せつぶん》のころには多少賑わいますけど、うちは先々代からの申し伝えで、古ぅからの歳時《さいじ》に基づくもんやおへんし、京都とは縁のない恵方巻《えほうまき》は作りませんので、お雛《ひな》さんのころまでお客さんは少のうおすねん。

猫も杓子《しゃくし》も、て言《ゆ》うたら言葉が過ぎるかもしれませんけど、近年の恵方巻ブームにはあきれるしかありません。

むかしから京都に住んでるひとは、みんな言うてはります。恵方巻てな習慣は見たことも聞いたこともなかった、て。

節分て言うたら鰯《いわし》。大羽鰯を焼いて食べたあとに、鰯の頭だけを柊《ひいらぎ》の枝に刺して玄関に飾る。夜が更けてきたら豆まきして、厄除《やくよ》けと鬼《おに》退治する。

子どものころから節分の行事言うたらそれだけです。そうそう、『吉田《よしだ》神社』への節分詣りも欠かせません。

わたしらは親しみを込めて『吉田神社』のことを吉田さんて、さん付けで呼びます。

――ぼちぼち吉田さん行くさかい支度《したく》しいや――

そう父が言うたら、子どもは拍手喝采《かっさい》ですわ。ようけ露店が出てるさかい、綿菓子やらベビーカステラ買うてもらうのが、ほんまに愉しみでした。父はおでんの屋台で一杯飲んでて、わたしら子どもはお小遣い握りしめて露店巡りです。『盧山寺《ろざんじ》』の追儺《ついな》も子どものときは、怖いもん見たさで行ってましたし、節分の思い出はようけありますけど、恵方巻てほんまに記憶にありません。巻き寿司を食べることはありましたけど、ちゃんと切って食べてましたし、恵方を向いて丸かじりするやなんて、そんなはしたないことしたことありません。

恵方巻が流行《はや》りだしたころは、老舗のお料理屋さんはみな無視してはったのに、いつの間にか便乗して売り出してはるとこが、ようさんあるのは情けないことです。

たかが料理屋風情《ふぜい》がえらそうに言うようですけど、文化て簡単に壊れてしまいますねん。築くのには長い時間が掛かりますけど、壊れるのはあっという間です。そしてそれを壊すのは、たいてい儲け主義のひとたちです。

そんなこと言うてるさかい、時代遅れの料亭やて言われるんですやろけど。

そうこう言うてるうちに節分も終わって、ぼちぼちあちこちの梅が咲きはじめました。

お雛さんを飾るんですけど、これもひと苦労です。包みを解いて段飾りを並べるのに、毎年迷うてます。

えーっと、五人囃子《ばやし》さんはどの順番やったかいな、とか三人官女さんの位置はどこやったかいなとか。

そのために写真を撮っといてありますんで、その写真と実物を見比べながら飾っていきます。それでも間違えるんですさかい、歳は取りとうないもんです。

雛飾りも済ませて、あとは料理対決の日を待つばかりになりました。

三寒四温《さんかんしおん》とはよう言《ゆ》うたもんで、寒いなぁと思う日と暖かい日が交互にやってきます。

二日ほど前は北山《きたやま》も薄《う》っすらと雪化粧してたんですけど、今日は春の日差しが降りそそいで、ちょうどええ気候です。

審査員を務めてくれはるグルメ評論家の秋山満男《あきやまみつお》さん、お茶人の僧休《そうきゅう》さん、それに飛鳥Ⅱていうクルーズ船に関わってはる篠原徹夫《しのはらてつお》さんのお三方の予定に合わせて、来週の月曜日に対決することになりました。

今度のテーマが鳥料理やてふたりに伝えたら、岩田さんは意外そうな顔して、難題やと言うてはりました。

いっぽうで萩原は、ふーん、ていう感じで驚きもせず、喜びもせず、淡々としてたんが印象に残りました。悦子さんの話とつながってるんやろか。

そんなことを考えながら、お昼休みに事務所でうとうとしてたときです。店の電話が鳴って目が覚めました。

「急なんですが今夜六時ごろに二名で予約できますでしょうか」

「少々お待ちいただけますやろか」

電話を保留にしました。

たしか今夜はようけ空席があるはずなんですけど、念のために一応予約表を確認してから、もういっぺん電話に出ます。たしかめもせんと受けたら、よっぽどヒマな店やと思われますしね。

今夜はふた組しか入ってしません。

「お待たせしました。おふたりさまでしたらご用意できます」

「それではお願いします」

「お名前とご連絡先をお伺いできますか」

「宮澤雅之《まさゆき》と言います。連絡先は……」

テレビでも聴いたことのある特徴的な声ですさかい間違いありません。あの宮澤さんです。

タレントさんやとか有名人の方て、たいていマネージャーさんとか秘書さんが連絡してきはるので、ご本人が直接言うてきはるのはめずらしいことです。

ただ、ご飯食べに来はるだけやろか。それとも、なんぞ思惑があるんやろか。

萩原のことと無関係やとは思えしません。

とりあえず、旬さんに伝えとかんと、と思うてＬＩＮＥで連絡しました。

「平常心でいいんじゃない？　きみの思うように対処すればいい」

いつものとおり、楽観的ていうか無関心ていうのか、さらっとした答えしか返ってきません。たぶん、こんなもんやろと予想してましたけど。

真冬に比べて、ちょっとだけ陽《ひ》が長ぅなりました。約束の時間五分前に玄関で待機してても、それほど寒いことありません。

六時ちょうどに、黒塗りのハイヤーが音もなく玄関に滑り込んできました。

「こんばんは。予約した宮澤です」

降りて来はったんは、あの宮澤さんです。古臭い言葉ですけど、連れてはるのは絶世の美女です。たしか有名なモデルさんやったと思います。

おふたりとも料亭にはちょっと不似合いなラフな格好です。上等のダウンコートの下はセーターにジーンズですねん。て言《ゆ》うても、きっとブランドもんの高級品やろ思います。ちょっと香水の匂いがきつぅ感じますけど、カウンター割烹《かっぽう》やないさかい、これぐらいはよろしいやろ。

「ようこそお越しくださいました。どうぞお二階へ」

お出迎えして型どおりの挨拶をします。

「お店の噂はかねがね伺ってましたので、今夜は愉しみにしてきました。よろしく」

もっと横柄《おうへい》なひとかと思うてましたけど、意外なほど謙虚な感じです。テレビではわざとあんな横着な態度をしてはるんですやろか。

まだ分かりませんけど、直感的には面倒くさいひとではないみたいで、ちょっとだけホッとしました。

接客は悦子さんにまかせて、わたしは板場で指揮を執《と》ることにしました。なんと言うても料理が肝心《かんじん》ですさかい。だんだん女将らしいなってきたでしょ。て、自分で言うてどうするねん。宜さんに突っ込まれそうどす。

こういうときに、岩田さんのような熟練の板前やと安心ですわ。どっしりかまえてはるけど、細心の注意を払うてはる。戻ってきた器も念入りにチェックしてはります。

「きれいに食べていただくとうれしいものですね」

岩田さんがホッとしたような顔つきで、楽焼の向付《むこうづけ》を自ら洗うてはります。

「すんまへん、気がつくのが遅うなって」

出遅れた若手の子が恐縮してます。

「この黒楽は指先の感触でたしかめないと、疵《きず》が分かりにくいからね」

「そうなんですか」

水本晋《みずもとすすむ》が岩田さんの手元を食い入るように見つめてます。

「それに、こうやって見込みの凹凸《おうとつ》を指で探っておくと、次に盛り付けるときの参考になる」

岩田さんが向付碗の内側をていねいに撫《な》ではります。

「勉強になりました。ありがとうございます」

水本が頭を下げて洗い場に戻っていきました。

岩田さんは若手の育て方が上手です。むかしの親方はどやしつけたり、時には手を出したりして、弟子《でし》にきつう当たるのが当然みたいになってましたけど、今はそんな時代と違います。そんなことしたら、パワハラやて問題になりますさかい。

かと言《ゆ》うて、甘やかしてばっかりいたら、なかなか育たしません。自分でやって見せて教えるのが一番やという、ええ見本を見せてもらいました。わたしも仲居を育てる参考にせんとあきません。

いつ何が起こってもええように、臨戦態勢をとってたんですけど、結局何ごともなかったんやないかと思います。

ものうお食事を終えて、すんなり帰って行かはりました。

こういう拍子抜けはええもんです。

食にはうるさいひとやて聞いてたもんやさかい、きっとクレームのひとつやふたつ言《ゆ》うてきはるやろと。

帰り際に玄関まで挨拶に出てきた岩田さんに、過剰なほど料理を絶賛してはったんが、気になるて言えば気になることでした。ふだんは超辛口で知られてはりますし。

たしかにええ料理やったとは思いますけど、百点満点とまではいかへんような気がしてたんで、手放しでほめちぎってはったのは不自然な感じでした。

とは言え、お墨付きをもらえたんやし、萩原のハの字も口にしはらへんかったんで、ひと安心ていうところです。

けど、よう考えたら不自然な話でもあります。ただの知り合いやったとしたら、萩原の名前出すのがふつうですやろ。やっぱり内密にしてはることがあるような気がしてきました。心配です。

いろいろ考えましたけど、宮澤さんがお越しになった話は、萩原には伝えへんことにしました。

そんなこんなで対決の日を迎えました。

ようやく桃の花も咲いて、春爛漫《はるらんまん》ていう言葉がよう似合う日です。

外部の審査員のお三方も定刻よりずいぶん早《はよ》ぅにお集まりいただいて、今や遅しと料理対決を待ってはります。

いつもどおり、岩田さんは落ち着いた様子で、料理の手順をたしかめてはるようですけど、萩原は緊張した面持《おもも》ちで、器を入れ替えたり、冷蔵庫のなかをなんべんも覗いたりして、落ち着いてへんように見えます。

例の宮澤さんの件があるせいやろか。て、先入観はいけませんね。余計な想像は働かさんと、料理対決のことだけ考えるようにします。

「ほな、ぼちぼちはじめてもらいまひょか」

腕時計に目を遣《や》った宜さんの言葉で、ふたりの料理対決がはじまりました。毎度のことながら、見てるだけのこっちも胸がどきどきします。料理をする本人たちもきっと昂《たかぶ》ってますやろね。萩原はもちろんやけど、平静に見える岩田さんかて、内心は平常やないと思います。

料理対決をはじめたころは、出来上がってみんと、何がなんやら分からへんかったんですけど、最近は手順を見てると最終形が予測できるようになってきました。

今日もふたりの調理風景を眺めるうちに、どんな料理になるか、なんとのう読めてきました。

見たとこ、スズメやとかウズラていう変化球はのうて、ふたりとも鶏肉と鴨だけを使うようです。鶏肉はモモ肉かムネ肉かは、ここからでははっきり分かりません。

「鶏肉ってのはね、意外に扱いにくい食材なんですよ。牛肉のようなきれいなサシが入らないから、肉の味が単調になりがちだ。それだけに料理法ひとつで大きく味が変わる。なめて掛かるとケガをするぞ」

一眼レフで写真を撮りながら、秋山さんが誰に言うともなくつぶやいてはります。グルメブログをときどき読ませてもろてますけど、こんな感じの文章ですわ。ひょっとしたらスマートフォンに録音してはるのかもしれません。

「むかしはどこの家でも鶏を飼うてて、客人が来たらツブしてすき焼きにしたもんや。せやから鶏のほうも、それらしい客が来たら、命の危機を察して、ぎゃあぎゃあ鳴きながら、みな庭を逃げまわりよった。そのなかから一番元気な鶏を選んでツブすんやさかい、人間っちゅうのは罪深い生きもんや」

僧休さんはお坊さんみたいな説教口調とは違うて、どっちかて言《ゆ》うたら噺家《はなしか》さんみたいな感じです。

「クルーズの食事でも鶏肉はよく使いますが、料理のバリエーションが狭いせいか、どうしても牛肉の人気には負けますね。今日はしっかり勉強させてもらいます」

篠原さんは熱心にメモを取ってはります。三者三様ですけど、お三方ともすっかり審査員の仕事が板についてきたように思います。

内輪の人間だけで審査するんやのうて、外部の方にも加わってもろてよかったと思います。

パチパチと油の爆《は》ぜる音が聞こえてきました。

岩田さんはどうやら鶏肉を天ぷらにしはるようで、漂うてくる匂いは唐揚げみたいやけど、まさかそんな単純な料理で勝負しはらへんやろと思います。

もう一品は椀もんみたいで、筍《たけのこ》を刻んではるさかい、真薯《しんじょ》にでもしはるんやろか。

萩原は鴨をフライにするみたいです。鴨は焼くか煮るか、やと思うてたんで、フライは予想外でした。

ふたりとも揚げもんを作っているのがおもしろいですわ。萩原のもう一品はなんやろ。焼鳥みたいやけど、漆器《しっき》の重箱《じゅうばこ》を用意してるさかい、ご飯もんにするんですやろかね。

だんだん形が見えてくる、この時間帯が、見てて一番おもしろいです。

こないして、ふたりの料理人が真剣に料理と向き合うてるとこを、つぶさに見られるのも、ありがたいことです。

女将やとか主人はとかく結果として出来上がった料理にばっかり目が行きがちで、どんな経過を経て料理になったかが分からへんもんです。どんな食材がどんな料理になるのか、そのプロセスもちゃんと見てんとあかん。料理対決を始めてから、そのことを学ばせてもらいました。

それにしても、ふたりとも動きに無駄がないことに感心します。心の準備が整うてることに加えて、日ごろの精進《しょうじん》の賜物《たまもの》ですやろな。

ふたりとも制限時間ギリギリに完成させて、ホッとした表情を見せてます。

審査員の前に料理が並びました。

岩田さんが先に料理の説明を始めはりました。

「地鶏《じどり》のササミを天ぷらにしました。天つゆは鶏ガラで取った出汁《だし》を使ってます。もう一品はお椀です。鶏のモモ肉をつぶして、そこに新筍を混ぜて、真薯に仕立てています。熱いうちにお召しあがりください」

天ぷらと椀もの。正統派ていうたらそうなんやけど、見た目にはなんとのうありきたりな感じがします。

けど見た目にだまされたらあきません。食べてみてびっくりなんが岩田さんの料理です。

まずはお椀からいきます。

なんてスッキリした後味《あとあじ》やろ。おつゆだけひと口飲んでの感想です。鶏肉独特の臭みはまったくおへんし、新ものの筍にしかない爽《さわ》やかな香りも相まって、これまで食べたことないお味です。

　鶏のササミを天ぷらにしたことおへんし、そういう意味では新鮮な驚きがありますけど、物足らんていうふうにも感じます。料亭らしい上品さが裏目に出てるのかもしれませんね。そのあたりが岩田さんの岩田さんたる所以《ゆえん》やとも言えます。

　次は萩原の番です。見た目からして岩田さんとの違いははっきりしてます。ええように言うたら見栄《みば》えよし、悪ぅ言うたら派手過ぎです。

「食堂でも出せるように、鶏と鴨をご飯もんとサンドイッチにしてみました。鶏重と鴨カツサンドです」

　萩原は実際に食堂で応用できる料理にしてるとこが偉い思います。勝ち負けもやけど、店のために思うてくれてるのが嬉しおす。

　ほかの審査員を横目で見てみると、みんなえらい勢いで食べてはります。たしかにどれも食欲を搔《か》き立てる料理です。特に篠原さんはがっついてはる感じで、審査員やていうことを忘れてはるのと違うかしらん、と思うほどです。

鴨のお肉にパン粉を付けて揚げるやなんて、考えたこともなかったですけど、食べてみたらなんの違和感もありませんでした。

むかしからあったんと違うかなと思うてしまうほど、鴨のカツをはさんだサンドイッチはすんなりと食べられました。

鶏重のほうもしかりです。鶏肉を使うたお丼ていうたら、真っ先に親子丼が浮かびますけど、焼鳥と錦糸卵《きんしたまご》を載せたお重も不自然さはまったく感じません。タレの味も濃過ぎず薄過ぎず、ほどよい加減でご飯との相性もぴったりでした。

さぁ、どっちの勝ちにしようか、今回も迷います。

毎回思うんですけど、どっちが勝ってもおかしいない料理です。甲乙《こうおつ》つけがたい、てこういうときに言うんですやろな。

とは言え、決着を付けんなりません。わたしも最後まで迷いに迷いましたけど、萩原に軍配をあげました。

みんなはどない思うてはるんやろ。

最初に感想を述べはったんは篠原さんです。

「岩田さんの料理はよく洗練されてて、細かな工夫もしてありましたが、萩原さんの料理が持つ勢い、というか迫力にまいりました。うっかり審査員だということを忘れてしまうほど、夢中で食べて、気がつけばあっという間に完食していました。料亭でもこれからはこんな料理が出てもいいような気がします」

　篠原さんが感想を述べはると、秋山さん以外はみんな大きくうなずきました。

「ぼくは違うな。萩原くんのは奇《き》をてらい過ぎてるように思う。なにより品《ひん》がないよ。このサンドイッチなんか大口を開けてでないと食えない。老舗の料亭でこんなのが出てきたら興醒《きょうざ》めだ。一見地味《じみ》に見えるが、岩田さんの料理はもっと深遠な魅力がある。鶏肉の旨みを最大限に引き出しておられる。滋味《じみ》深い味わいのお椀なんて、鶏肉とは思えない品格があった。繊細《せんさい》で洗練された料理だということに、残念ながらみなさん気づいておられんのだろうな」

　秋山さんはわたしらを見下すように、薄笑いを浮かべてはります。食通ていうか美食家のひとはようこういうことを言わはります。

　京都人としては、ちょっとイラっとしますけど、審査員のバランスを取るためにも、こういうひとに入っといてもろたほうがええんやろと思います。

「食いもんいうのは理屈やない。旨い。もういっぺん食いたい。そう思うてこそですやろ。岩田さんの料理には、そこまでの力がなかった。それだけのことです」

わたしが言いたいことをズバッと言うてくれはったんは僧休さんです。僧休さんはいっつも的確にコメントしてくれはるので、ホッとします。引きがない、ていう言い方もできるんやないかと思いますけど、たしかに今日の岩田さんのお料理には、もう一回食べたいと思わせるほどの魅力がありませんでした。

鶏のササミに細こう包丁目を入れて、長いまま揚げてはったんは、穴子に見立ててはったんやと思います。お椀の真薯も鶏とは思えん上品な味やったし、料亭の名に恥じん料理やったことは間違いありません。けど、僧休さんが言わはるとおり、もう一回食べたいかて訊かれたら、首をかしげてしまいます。

そこへいくと、萩原の料理はふた品ともパンチが効いてました。今すぐもうひとつ食べたいくらいです。

特に鴨カツ言うんやろか、鴨のフライはマーマレードの甘酸っぱいソースが塗ってあって、これまで食べたことのないサンドイッチでした。鰻《うなぎ》の蒲焼《かばやき》みたいな味付けの鶏肉の上から、錦糸卵をたっぷり載せた鶏重も、ありそうでなかった料理やと思います。老若男女《ろうにゃくなんにょ》、誰にでも向く料理なんと違うかしら。

審査の結果は僅差《きんさ》でしたけど萩原の勝ちでした。悦子さんが岩田さんの勝ちとしはったんは、例のことがあるからやろか。これまでと違うて、萩原とは距離をおいてるように見えます。

審査結果の発表を聞いたときの、ふたりの表情はちょっと意外でした。

岩田さんが負けても淡々とした表情で片付けをしてはるのは、悔いがないさかいでしょう。我が道を行く、ていう感じで、いつもどおり潔いひとです。

いっぽうで萩原はちょっと険しい顔してます。うがち過ぎかもしれませんが、負けたほうがよかった、て思うてるようにも見えます。

やっぱり例のことが関係してるんやろか。気にはなるんですけど、どない訊いたらええもんやら。悩ましい話です。

それはさておき、岩田さんにねぎらいの言葉を掛けてから、萩原に料理の感想を言おうと思うたら、篠原さんに先を越されました。

「いやぁ、今日は、いや、今日もか。ほんまにええ料理を愉しませてもらいました。特にあの鴨のサンドイッチは、クルーズのおやつやとか夜食にぴったりです。もちろん女将さん、いやご主人と相談しないといけませんけど、ぜひ船の上でもこんな料理を作ってください」

じょうずに言うてくれはります。

「ありがとうございます。そない言うてもらうと励みになりますわ。クルーズ船で料理をするやなんて、夢の話やと思ってました。いろいろ迷うことがあったんで、うれしいお話です」

いつもはあんまり表情を変えへん萩原にしては、めずらしく紅潮《こうちょう》した顔で、篠原さんと顔を合わしてます。

いろいろ迷うことが、て、なんや嫌な予感がするなぁと思いながら、篠原さんの背中をお見送りして、萩原の前に立ちました。

「今回もええ料理……」て言いかけたら、それを萩原がさえぎりました。

「女将さん。ちょっとお話ししたいことがあります。ここではあれなんで、よかったらお茶室ででも」

萩原は神妙な顔つきをして、周りに目を配ってます。

やっぱりか。

いよいよ覚悟を決めんとあかんときが来たようです。

息を呑《の》みこんで、衿元《えりもと》を整えてからうなずきました。

旬さんにも言《ゆ》うといたほうがええやろかて迷いましたけど、ここは九代目主人がしっかり受け止めんならんとこや。

茶室へと向かう石畳で足がもつれて、こけそうになってしまいました。覚悟を決めたて言いながら、肚《はら》をくれてませんのやろな。気の弱い主人ですわ。胸をどきどきさせながら茶室の戸を開けて、先になかへ入りました。

## 第二話

# 鯛料理対決

# 1

　茶室はしんと静まりかえっていて、冷気が漂っています。

　いつなんどきでもお茶を淹《い》れられるよう、炉《ろ》の炭はいこらせてあるんですけど、暖房の代わりになるほどではありません。隅《すみ》っこにある電気ストーブのスイッチを入れました。

「せっかくやさかいお茶点《た》てますわ。それまでちょっと待ってや」

　亭主の席に座って、釜《かま》の湯加減をみます。

「女将《おかみ》さんに点てていただくやなんて、もったいないことです。かと言《ゆ》うてお茶の稽古《けいこ》は長いことしてへんので、不細工《ぶさいく》な点前《たてまえ》しかできませんし、お言葉に甘えさせてもらいます」

　正座した萩原《はぎわら》が三つ指突いてお辞儀《じぎ》しました。

「わたしもここんとこお稽古サボってるさかい、見苦しい点前になるかもしれへん。笑うて見過ごしてや」

「師範《しはん》のお免状持ってはる女将さんがなにを言《ゆ》うてはります。しっかり勉強させてもらいます」

「半東《はんとう》さんもやはらへんさかい、お菓子は自分で水屋から出してくれるか。上の段にお干菓子が入ってるさかい、塗り盆《ぼん》にでも載せて食べてて」

「承知しました」

萩原は素早く立ちあがって水屋を開けました。

「使《つこ》うて悪いんやけど、ついでにお茶碗も出してくれるか」

「どれにしましょ」

「好きなん選んで。これで飲みたいと思うお茶碗を持ってきて」

萩原は抹茶碗《まっちゃわん》の並んだ棚をしばらく眺め、やがて枇杷色《びわいろ》の井戸茶碗《いどぢゃわん》を両手に取って、わたしの傍に置きました。

「お干菓子はこれでよかったですか？」

萩原が小箱の蓋《ふた》を開けて見せてます。

「好きなん選んだらええよ」

「これは初めてですわ。能面《のうめん》の形してるんですね」

萩原は黒漆の角盆に干菓子を載せて席に戻りました。

「花面やね。『長久堂《ちょうきゅうどう》』さんの名物や。いろんな面がありますやろ」

「翁《おきな》とか福の神は分かりますけど、この猿のような、ひょっとこみたいなんは何です？」

萩原が干菓子をひとつつまみ上げました。

「うそぶきです。うそふきとも言うけど、狂言《きょうげん》に使う面や。タコみたいな、ネズミみたいな霊が祝詞《のりと》をあげようとして、口をすぼめてるんやわ」

「へえー、嘘ついてる口かと思いました」

ためつすがめつお干菓子を眺めてから、萩原が干菓子を口に入れました。

茶筅を置いて、点て終えた茶碗を萩原の前に置きました。

「お点前ちょうだいいたします」

萩原は一礼してから井戸茶碗を両手に持って高くかかげてます。何べん見ても惚《ほ》れ惚《ぼ》れする美しさです。

「ちょっと温度が高かったかもしれまへん。苦みが強過ぎたらかんにんしてな」

水指《みずさし》から柄杓《ひしやく》で掬《すく》った水を、ゆっくりと釜に注ぎました。

「ちょうどええ服加減です。それにしてもええ茶碗ですね」

ひと口飲んで、萩原が両手に持った茶碗を左右から眺めてます。

「ええお茶碗ですやろ。父が一番好きやった茶碗です。父は勝負碗やて呼んでました。節目節目やとか、決断せんならんことがあるときは、この茶碗でお茶を点てて飲んでました」

「勝負碗ですか。先々代らしいお話ですね。あやからせてもらいます」

萩原は音を立てて茶を飲みきりました。

「もう一服どうです？」

「充分です。お話も聞いてもらわんならんし」

お決まりのやり取りをしてから、萩原は縁外に茶碗を置いて指を突いて眺めてます。

「おそまつどした」

礼を返しました。

「無学なもんですみません。あのお軸《じく》はどういう意味なんです？　春来草自生て書いてあるんやろか。読み方も分かりません」

首を斜めに伸ばして、萩原は床の間のお軸を覗きこんでます。

「はるきたらば、くさおのずからしょうず、て読むんやと思います。春になったら草は自然と生えてくる。どんなことでもふだんから真面目《まじめ》にやってたら、時期が来てうまいこといくもんや。焦《あせ》ってじたばたしてもしょうがない。そんなふうな意味と違うやろか」

お茶碗を茶巾《ちゃきん》で拭《ぬぐ》いながら、そう答えました。ちょっとあやふやなとこもありますけど、だいたいはそういう意味やったと記憶してます。

「春が来たら自然と草が生えてくる。たしかにそうですね」

感慨《かんがい》深そうな顔つきで萩原がお軸を見つめてます。

「ぼちぼちお話を聞かせてもらいましょか」

身体の向きを変えて、萩原と向き合いました。

「はい」

萩原も座りなおして、背筋を伸ばしてます。

「そない緊張せんならんようなお話ですか」

萩原の顔が怖いぐらいに強ばってます。

「お店にとってだいじなことなんで」

萩原は畳に目を落としました。言いにくい話なんやて顔に書いてあります。

「聞かせてもらいましょ」

ひと膝前に出しました。

「宮澤《みやざわ》さんのことはご存じですやろ?」

やっぱりその話でした。

「あのIT長者の宮澤さんでしたら知ってます。京都がお好きで、何軒か飲食店をお持ちの方ですやろ」

差しさわりのない程度に答えておきます。

「はい。あるひとを介してその宮澤さんとお会いしたんです。頼みごとがあるて言われて」

「頼みごとてお店に関係すること?」

「はい。単刀直入に言うたら引き抜き話です」

悦子さんの勘が当たりました。なんや胸がどきどきしてきました。けど、ここでうろたえたらあかん。どっしりかまえて冷静に判断せんと。

そうは思うても、やっぱりあきまへん。頭のなかが真っ白になりました。どないしよ。

そや、この井戸茶碗があるやないの。父はこの茶碗には不思議な力があるて、言いながらよう撫でてました。

なんとかわたしに力を貸してください。祈りながら茶巾で拭きなおすフリして、お茶碗を撫でまわしてから訊きました。

「ほんで、宮澤さんにはどう答えたんです？」

「即答できるような話と違いますし、女将さんとも相談せんならんので、しばらく時間ください、て答えました」

「そらそうやわね。いつまでに、とか期限は切らはりましたか？」

「いえ、答えが出たら連絡くれ、ということで」

「それで答えは出たん？」

「それをこれから女将さんに相談しよと思うてるんです」

「えらいゆっくりした話やなぁ。もう肚《はら》は決めてるんと違うの？」

ちょっとイラついてしまいました。

「どうしたもんかなぁと思うてるうちに、日にちばっかり経《た》ってしもうて。女将さんはどない思わはります？」

萩原が顔を曇らせてます。

「引き抜かれる本人の気持ち次第ですやろ。新天地を求めよう思うんやったらどこなと行ったらええし、やめとこ思うたらうちに居《お》ったらええ。わたしはそれでええと思いますえ」

思うてるとおりに答えました。

「本人の意思にまかせるていうことですか？」

「それしかおへんやろ。首に縄つけて引っ張るわけにいきませんがな。本人がうちで仕事するより、宮澤さんの店で働きたいて言うてるのを、無理やり引き留めても、気まずい空気が残るだけでしょ」

「そらまぁそうですけど」

てっきり答えを出してきたんやと思うてましたけど、まだ迷うてるみたいです。

萩原らしいないなぁと思います。こんな煮えきらん性格やったかしらん。ひょっとして条件闘争してるんやろか。引き留めて欲しいと思うてるのかもしれません。それには給料を上げるとか、今よりええ待遇をこっちが提示するのを待ってるのかも。

いや、萩原はそんな小賢《こざか》しいことするような人間やない。そう思いたいんですけど、萩原の様子見てたらそんなふうに思うてしまいます。

「先々代も先代も、去る者は追わず、ていう主義やったさかい、わたしもそれを踏襲《とうしゅう》します」

いつまでもグダグダ言うててもキリがおへんさかい、きっぱりと言い切りました。

「まぁ、まだ去るて決まったわけやないですし。そもそもまだ本人は引き抜き話が来てるやなんて知りませんしね」

へ？　なんのこと？　本人は、て……。萩原の言うてることが、よう分かりません。

話がかみ合《お》うてへんのは、わたしが勘違いしてたんやろか。

「ひょっとして、引き抜き話はあんたやのうて、ほかの誰かの話？」

「そうですよ。もしかして女将さんはぼくのことやと思うてはったんですか？」

萩原がムッとした顔で訊いてきました。

「わたしはてっきりあんたのことやと」

「なにを言うてはりますのん。もしもぼくのことやったら、真っ先に女将さんに相談してますよ」

萩原はむくれた顔を向けました。

「そうやったんかいな。それやったら早ぅそう言うてくれんと。みんな心配してたんでっせ」

「みんなて？　なんでみんなが心配するんです？　今初めて女将さんに言うた話を、なんでみんなが知ってるんです？　て言うかみんなて誰のことですの？」

萩原が矢継ぎ早《ばや》に訊いてきました。

しもた。うっかり口が滑ってしまいました。こうなったら説明するしかありません。

「実は悦子《えつこ》さんがな……」

かいつまんで経緯《けいい》を話しました。

「そうやったんですか。あのときの『京都スタアホテル』に悦子さんが居てはったんですか。声掛けてくれはったらよかったのに。長い付き合いやのに、悦子さんも水臭いなぁ」

「声掛けられるような空気と違《ちご》うたんでしょ。深刻な顔してたんと違《ちゃ》う？」

「それはまぁ、そうやったかもしれません。あのときは宮澤さんに、神田《かんだ》を引き抜きたいていきなり言われて、混乱してましたんで」

「神田て、博文《ひろふみ》ですか？　まだ三番手やないですか」

宮澤さんが神田を引き抜こうとしてはるやなんて、まったく思いもしませんでした。

「はい。二番手の辰巳《たつみ》やのうて、三番手の神田に間違いありません。たしかに宮澤さんは青田買いしはることで有名やさかい、よう考えたらさほど不思議はないんですけどね」

なんぼ青田買いて言うても、神田はまだまだ二番手にもほど遠い存在です。宮澤さんはどこで神田のことを知らはったんやろ。どこに魅力を感じはったんやろ。謎ですわ。

「どう考えても不思議なんやけど、なんで神田なん？」

「たぶん年齢や思います。はっきり言わはったことないけど、宮澤さんが引き抜かはるのは三十歳までです」

「それで神田にこの話は？」

「もちろんまだ何も言うてません。まずは女将さんの意向を聞いてからと思うたんで」

「なんでもっと早《はよ》ぅに相談してくれへんかったんやな」

みんなが長いこと頭を悩ませてたんは、あほみたいに思えてきました。

「すんません。先に神田に言うてやったほうがええかなぁ、とか、このままなかったことにしようかと思うたり、ずっと迷うてましたんで」

萩原が頭を下げました。

たしかに萩原の立場に立ったら、迷うのももっともなことや思いますけど。

なにはともあれ、一件落着して、ホッと胸を撫でおろしました。

ここだけの話になりますけど、正直なとこ、神田はうちの店の主戦力とは違いますさかい、仮に出ていったとしても、たいして影響はありません。
けど、萩原が出ていくとなると大きい痛手をこうむります。おなじ板場《いたば》の人間
を差別するわけやおへんけど、それが現実ていうもんです。

2

光陰矢《こういんや》の如《ごと》し、てよう言うたもんです。こないだお正月を迎えたとこやと思う
てるのに、もう桃の節句やなんて。こないして人間、歳とっていくんですやろ
ね。

春は空気ものどかで、暖かいさかいに眠とうなりますけど、ぼーっとしてたら
あきませんな。京都の観光シーズンがピークになるのもすぐそこです。
おかげさんで、引き抜き騒動もなんとか決着しました。

神田はまだまだ未熟やさかい、もうちょっと手元に置いて育てたい。萩原がそ
う言《ゆ》うたのに、わたしも賛成しました。うちの板場で預かってからまだ五年しか

経ってしませんし、歳も二十七。妥当《だとう》な判断や思います。

萩原が宮澤さんに断りを入れたら、あっさり引き下がらはったそうです。それほどご執心《しゅうしん》やなかったみたいです。

それにしても、そんな若い料理人を独立させて店持たして、あんじょうやっていけますのやろか。て言うても宮澤さんがオーナーになってはる店はどこも大人気やさかい、余計なお世話ですやろね。

料理の内容はともかく、商売の仕方はほんまにおじょうずです。

メディアもうまいこと使わはるし、聞いた話では、インフルエンサーにもけっこうなお金渡して宣伝させてはるらしいです。

料理がおいしいさかい繁盛するんやったら納得しますけど、商売じょうずやさかい流行《はや》るいうのもおかしな話ですわ。

それは横に置くとして、なんやかやあったんをやり過ごして、ホッとひと息ついたのも束の間。また新たな問題が起こりました。

梅の花が咲き始めたころのことです。

お昼のお客さんが済んで、ほっこりとお茶を飲んでたら、大番頭の伏原宜家《ふせはらのりいえ》が血相を変えてお茶室に飛び込んできたんです。

「女将さん、えらいこってす。川向こうに大きいホテルが建つらしいでっせ。うちからの眺めが台無しになりますがな」

こういうとき、藪《やぶ》から棒、ていう言葉を使うんやったかしら。あんまりにも突然な話なんで、ちょっと頭のなかが混乱してます。

「ほんまですか。そんな話聞いてませんえ」

京都は狭い街です。計画どころか、気配《けはい》だけでもあったら、すぐに近所で噂になって、あっという間に広まるのがふつうですねん。高野川《たかのがわ》をはさんで向かい側にも、ようけお知り合いがやはりますけど、どなたからもそんな話は聞いたことがありません。

寝耳に水。そうや、こういうときは、寝耳に水て言うんどしたな。

「これ、見とぉくんなはれ。御蔭橋《みかげばし》を下った高野川東岸、て書いてますさかい、うちの東向かいですがな。地上七階地下二階で二百四十室。けっこう大きいホテルでっせ」

宜《のり》さんが見せてくれた町内の回覧板には、近隣住民への説明会の案内状が挟んであります。

「左京区田中馬場町《さきょうくたなかばばちょう》……たしかに川を挟んで、うちの向かい側になりますね」

説明会を開かはるていうことは、もう京都市の建築許可はおりてるんやと思います。

となったら、なんぼ反対してもホテルは建つんですやろ。せいぜいが階数を低うしてもらうとか、縮小してもらうとか、道路が混雑せんように方策を取ってもらうとか、ぐらいしかできません。

「地獄耳やて言われとるわしですら、まったく知らなんだやさかい、よっぽど極《ごく》秘《ひ》裏《り》に話を進めとったんですやろな」

宜さんは苦虫《にがむし》を噛《か》み潰したような顔してます。

「寝耳に水てこういうことやね。この手の話はたいてい、噂が先に立つもんやけど、まったく聞こえてきませんでしたね」

おなじ左京区でも、うちは下鴨宮河町《しもがもみやかわちょう》やし、向かいは田中馬場町。向こうの町内のひとは知ってはったんですやろか。

「ホワイトカスケードグループて書いてますさかい、外資系の高級ホテルやていうのが、せめてもの救いですな。宿泊客がうちへ食べに来てくれはることを期待するしかおへん」

宜さんは仏頂面《ぶっちょうづら》で腕組みをしてます。

「宮河町は反対運動もやらはるみたいやね」

回覧板にはうちの町内会長の名前で、反対運動の署名簿も貼ってあります。

「なんぼ反対運動やっても無駄や思いまっせ。京都市が許可したら、誰がなんと言おうが建ちますわ」

宜さんはもうあきらめ顔です。

「宜さん、ちょっと店の二階へ上がって。お座敷の窓から見てみまひょ。これが建ったら、うちからの眺めがどないなるか」

「そうですな」

宜さんと顔を見合わせて、急ぎ足で店の二階へ向かいます。

「ど、どないしはったんです？　ふたり揃うて怖い顔して」

階段を駆け上がったところで出会《でお》うた、仲居頭《なかいがしら》の悦子さんがびっくりしてます。

「話はあとや。悦子さんも来なはれ」

宜さんが悦子さんの袖を引っ張って、座敷のふすまを開けました。

「うわぁ。やっぱりあかんわ。あそこに七階建てが建ったら、東山《ひがしやま》がほとんど見えんようになる」

背伸びして窓の外を見た宜さんは、ホテルが建ったとこを想像したんですやろ。へなへなと畳に座りこんで頭を抱えてます。

「いったいなんのことですのん？」

事情を知らん悦子さんは、その様子を見て目を白黒させてます。

「こんなことになるみたいやねん」

回覧板を悦子さんにわたして、わたしも窓辺に立って宜さんとおんなじほうを見てます。

「ホテルがこの向かいに？」

悦子さんは青ざめた顔で、回覧板を読んでます。

「大文字《だいもんじ》も見えへんようになるんやろなぁ。せめて比叡山《ひえいざん》のてっぺんだけでも見えたらええんやけど」

想像するだけで哀しいなります。

「たしか京都市の景観条例とかがあって、あそこにはそんな高いもん建てられへんはずやと思うんですけど」

悦子さんは口をとがらせてます。

「高野川のこっち側は規制があるけど、東岸のほうは緩和されとると思うで。外資系のホテルは抜かりがない。そのへんはちゃんとたしかめて計画しとるはずや」

宜さんの言うとおり、こういう話はなんぼ反対運動しても、京都で計画が覆ったためしがありません。建つもんやと思うて対策を講じんとあきませんやろね。

「あそこにホテルが建ったとしてやな、こっちを見たら、良さげな料亭が目に入るはずや。うまいこといったら、宿泊客がようけうちへ食べに来てくれはるんと違うか」

さっきまでと打って変わって、明るい顔してます。宜さんて、こんな楽観主義者やったかいな。

「そないうまいことといくかいな。ホワイトカスケードのチェーンホテルやったら、何か所もレストラン作らはりますやん。うちとおんなじような日本料理の店ができたら、逆にお客さん取られるかもしれまへんえ」

悦子さんは悲観的です。ふたりのあいだを取って、良くも悪くもならん、ていうふうになったらええんですけど。

どっちにしても、これだけ大きい建もんやったら、建築にも時間が掛かるはずやさかい、じっくり対策を練ったらええでしょう。

それも大きい問題やけど、まだまだ先の話。そんなことより、お花見シーズンを目前に控えてるのに、まだ今年の目玉が決まってしません。そっちを考えるのが先ですやろ。

そろそろホームページの表紙写真も撮らんならんし。

「そうそう、来週の試食会ですけどな、料理対決にしたらどないですやろ。観光シーズンも目の前に迫っとるし、これから店も忙しいなりますやろ。しばらくは料理対決てな悠長《ゆうちょう》なことしとられんのと違いますやろか」

宜さんの言うとおりです。バタバタしてて、うっかり料理対決のことを忘れてました。

「急な話やけど大丈夫ですやろか」

準備期間が一週間ていうのは短過ぎるかもしれません。

「一週間先の予約に対応できんようでは、うちの板場を仕切れまへん。責任を持ってわしがふたりを説得します」

宜さんがきっぱりと言い切りました。

「たのもしいこと」

悦子さんが冷たい目で見てるのは、ほんまに説得できるんかいな、て疑《うたご》うてるからや思います。

「おまかせあれ、っちゅうやつです。ところで女将さん、対決のテーマはなににしまひょ？」

宜さんが胸を張ってるとこ見ると、ふたりを説得する自信があるんですやろ。

「お鯛《たい》さんはどないですやろ。桜鯛がおいしい季節になりますし、日本料理の王道やし」

悦子さんの提案に宜さんは即座に手を打ちました。

「よろしいな。これまでの鰯《いわし》やとか鱧《はも》は、ちょっとした変化球ですわ。日本料理の王さまっちゅうたら、誰がなんと言うても鯛。萩原と岩田はんが、どんなふうに鯛を料理しよるか見てみたいもんです」

宜さんは大乗り気です。

「ほんまやね。これまで鯛対決をしてきいひんかったんが不思議やわ。お鯛さんて言うたら、一にお造り、二に塩焼、あとは煮付けにするぐらいしか思い浮かびません。ちょっと変わった鯛料理も食べてみとぉすな」

三人の意見が一致しました。

「いちおう旬さん、いや先代にもお伺い立ててからすぐ、ふたりに申し渡します」

宜さんは元からせっかちな性質ですけど、最近はますます拍車が掛かってるように見えます。

「ほな宜さんにまかせときますさかい、どうぞよろしゅうに」

話はとんとん拍子に進みました。

先のこととは言え、景観のことは重くのしかかってます。うちの店の常連さんは、眺めのええお部屋を指定して予約してきはりますし、料理とともに『糺《ただす》ノ森《もり》山荘《さんそう》』の売りもんやと思うてます。

その眺めが悪うなったら、お客さんが減るのは間違いない思います。そうなったら料理そのもので勝負するしかありません。ますます料理に磨きを掛けんことには。身の引き締まる思いです。

3

秋は山から、春は里からていう言葉どおり、まだ北山のほうは、薄っすらと雪化粧してる朝でも、下鴨の辺りは陽《ひ》だまりに居ると暖かおす。

やっと春が来たんやなぁと感じるのは、高野川のせせらぎを眺めてるときです。東の空に昇ったお陽《ひ》さんが、川面《かわも》にゆらゆらと揺れて、きらきら輝くのを見ると、もうあの寒い冬は遠くに行ったんやなぁとホッコリします。

桃の節句は特にイベントもありませんけど、お雛《ひな》さんにちなんだお料理は、年々人気も高まってきて、お節句の週末は満席をいただいてます。ありがたいことです。

桃の節句とは言え、少子化の影響ですやろか、女のお子さんをお祝いする集まりより、年輩の女性の女子会のほうが圧倒的に多いのも、最近の特徴です。

お話を伺うと、子どものころはちらし寿司と菱餅《ひしもち》くらいで、特別なご馳走を食べることはなかったさかい、そのリベンジやて笑いながらおっしゃいます。

ちらし寿司でも、充分ご馳走や思いますけど、今の時代はおなじちらし寿司でも、いろんなお刺身がたんとのってんと、ご馳走には入らしまへんのやろね。

そう言うたら、最近の京都で一番人気を呼んでる料理は海鮮丼なんやそうです。

わたしらみたいに京都で生まれ育ったもんには、とんと理解できません。

京都の街なかは海から遠いさかい、生のお魚をそのまま出すんやのうて、ひと手間掛けてお出しすることで、京料理て言われるもんが発達してきたんです。

夏場の鱧《はも》料理がその典型ですやろか。ていねいに骨切りして、お椀にしたり、焼いたりしてきたさかい、京都の夏は鱧料理、て言われるようになりました。

鯖《さば》寿司もそうでっせ。若狭《わかさ》から鯖街道を通って運ばれてきた鯖を、ええ按配《あんばい》に〆《しめ》てお昆布の味を染ませるさかい、おいしいなるんです。

――なんぼええ魚やったとしても、切って出すだけてなことしたら、京料理やて言えん。新鮮な刺身を食いたかったら、海の近所に行ってもろたらええんや――

父がよう言《ゆ》うてました。

とは言《ゆ》うても、うちも料亭ですさかい、お造りはお出ししますえ。けど、なにかしらひと工夫してますし、てんこ盛りにするてな、品のないことはしません。基本は明石《あかし》のお鯛さん。そこに貝やとか赤身を添える程度です。スーパーで売ってるお刺身盛り合わせを、ご飯に載せただけの海鮮丼を、京都の名物料理やなんて言《ゆ》うたら、うちの父が化けて出そうです。

漁師町の店やったらそれを名物にしはってもええ思いますけど、京都と海鮮丼は似合いません。

あんまり大きい声では言えしませんけど、最近のお客さんは、〈映《ば》え〉さえしたらそれでええ、と思うてはるように見えます。おいしいかどうか、より、先《ま》ずは〈映え〉てな風潮はいつまで続きますんやろ。

テレビや雑誌でもそれを煽《あお》らはるもんやさかい、拍車が掛かるいっぽうで、おさまる気配がありません。

うちの店も商売ですさかい、多少はその〈映え〉ていうのを意識せんこともありませんけど、それは器やとか盛付けの話で、山盛りにしたり、余計な飾《かざり》付けをするようなこととは違います。

そんなことをボヤいてたら、宜さんがおもしろいことを言いました。

「やっぱりあれですな。女のお客さんが増えてきたからと違いますか。女のひとは料理の写真撮るの好きでっしゃろ。料理が出てくるたんびに、ワーとかキャーとか言うて、スマホで写真撮ってはります。早いこと食べんと冷めてまうがな、と見っててイライラしますわ」

「そんなことよそで言うたらあきまへんえ。女性蔑視《べっし》やて怒られますがな。それに男のお客さんかて、最近はよう写真撮ってはりまっせ」

そう言うて、いちおうたしなめときましたけど、宜さんの言うことにも一理あります。

カップルやとか家族とか、少人数でお越しになってる女性のお客さんは、料理が出てくるたびに写真撮ったりはしはらへんように思います。けど、女子会とか、女のひとばっかりの宴会みたいなときは、宜さんが言うように、写真撮りまくらはります。

先々代のころまでは、宴会て言うたら会社やとか団体の集まりがほとんどで、当然のように男性が中心でした。

それが旬《しゅん》さんのころから急に変わり始めて、今やお昼の集まりはたいていが、女性グループです。

夜はさすがに今でも男のお客さんが多いですけど、それでもいっときに比べたら、夜も女性のお客さんが増えました。

女性の社会進出と連動して、うちみたいな料亭にも女性のお客さんが、ようけお越しになるのは大歓迎ですけど、ほんまの〈映え〉がどういうもんかを知って欲しい思います。

そういうわけで、試食会のたんびにわたしが萩原と岩田《いわた》さんに言うのは、見た目のきれいさと控えめな量です。

女性のお客さんは年齢にかかわらず、押しなべてきれいなもんを、ちょっとずつ食べたいと思うてはるんです。『泉川食堂《いずみかわ》』のほうはランチとテークアウトがメインやさかい、ある程度のボリュームが要《い》りますけど、母屋《おもや》のほうのお客さんはたいてい量は求めてはりません。少量多品種が喜ばれるんです。

余白の美ていう言葉があるように、ええ器にちょこっと料理が盛ってあるのがほんまの〈映え〉です。海の傍《そば》の食堂やったら、お刺身が山盛り載った海鮮丼も〈映え〉ますやろけど、海から遠い京都ではぜんぜん〈映え〉しません。しつこいかもしれまへんけど、京都の老舗《しにせ》料亭としては、一番だいじなことやと思うてます。

今日の対決でも、そのあたりをチェックせんなりません。

てなこと言うてるうちに、対決の時間が迫ってきました。愚痴っぽい話してる場合やおへん。お化粧なおして急がんと。

板場に入ったんはわたしが最後でした。他の審査員さんはもう着席してはります。お恥ずかしいことです。秋山満男《あきやまみつお》さん、僧休《そうきゅう》さん、篠原徹夫《しのはらてつお》さん、外部審査員のお三方に頭を下げて、急いで席に着きました。

宜さんがコホンと咳《せき》払いしたのは、きっと――遅いでっせ――ていう合図やと思います。宜さんと悦子さん、旬さんにちょこんと頭を下げときました。

「ほな始めてもらいまひょか」

いつものように宜さんが切りだすと、岩田さんと萩原が料理に取りかかります。

壁の時計を見たら、まだ開始時間の三分前ですやん。てっきり遅刻したもんやと思うて謝ってたんですけど、ちゃんと間に合《お》うてますがな。

まぁ女将ていうか、九代目の主人としては、真っ先に来て、みなさんをお迎えするべきですけどね。

「ほう、そうきましたか。洒落《しゃれ》が効いててよろしいな」

僧休さんの言葉が聞こえて、我《われ》にかえって僧休さんの視線の先を見ると、萩原が変わった調理器具を手にしてました。

最初はなんや分からへんかったんですけど、よう見たらお菓子の鯛焼きの道具ですやん。まさか餡子《あんこ》の入った鯛焼きやないやろけど、どんな料理にするんやろ。興味津々《きょうみしんしん》です。

「ぼくはこういう子どもだましみたいなことは好きじゃないなぁ。老舗料亭の料理はお遊びとは違うのだから」

秋山さんは苦虫を噛み潰したような顔してはります。秋山さんらしいです。

秋山さんは東京のお方にようある、権威主義的なとこがあります。京都の長い歴史やとか伝統は、憧《あこが》れに近いもんがあるんですやろね。

ないもんねだり、て言《ゆ》うのとは、ちょっと違うかもしれませんけど、世界一の美食都市て言われるほど、おいしい店がようけある東京でも、伝統に裏打ちされた、真《ま》っ当《とう》な京料理のお店はめったにありません。せやさかいやと思うんですけど、創作料理的なもんには辛口《からくち》になってしまわはるみたいです。

「中身次第と違いますやろかね。わたしはこういう趣向は好きです。クルーズでもやってみたいと思います」

篠原さんの言葉に旬さんも宜さんもうなずいてます。

回を重ねるごとに、審査員の方の個性がはっきり出てきて、興味深《ぶこ》う感じてます。

京都の数寄者《すきもの》らしい僧休さん、東京の食通事情をよう知ってはる秋山さん、そして両方のバランスを取ってはる篠原さん。お三方に審査員になってもろて、ほんまによかった思うてます。

なにごとも偏《かたよ》ったらあきません。うちの料亭がどうにかこうにか、長い歴史を積み重ねてこられたんも、一方に偏らんとやってきたからです。

伝統はちゃんと守りながら、ときには時代に合わせて変えんならんもんは変えて、今日の『紀ノ森山荘』の料理があるんです。

そういう意味でも、このお三方が審査員をしてくれてはるおかげで、これからもうちの店らしい料理を、ずっと出し続けていけるやろと思うてます。

たぶんふたりの料理人も、審査員のお三方がどう思わはるかを意識し始めてるはずです。

萩原が変化球を投げてきたのに対して、岩田さんは直球を投げてきはりそうです。

二枚におろした鯛の腹身をお造りにしてはります。ここからどうなるのやろ。

ちょっと背伸びして手元を覗きこみます。

「真っ当と言うたら真っ当やけど、ちょっと工夫がなさ過ぎるんと違いまっか」

小声でそう言いながら、宜さんは顔をしかめてます。

「岩田さんのことだから、なにか考えがあるんだろう。ここから先に期待しようよ」

「出過ぎたこと言《ゆ》うてすんまへん」

旬さんに言われて、宜さんが頭を下げてます。

どうやら骨付きのほうは網で焼かはるみたいです。ここまでのとこは、超が付くほど正統派の料理です。

旬さんが言わはるように、ここから先になんぞ工夫しはるんやろけど、それでも奇《き》をてらうようなことはないと思います。

岩田さんは伝統を重んじる正統派で、萩原は新しい料理に積極的に取り組む改革派やさかい、ふたりを対決させることでバランスが取れるやろうと思うて始めたことですけど、想像以上にええ結果に結びついてることに、ホッとしてます。

――古いもんばっかりでは飽きられる。新しいもんばっかりでは物足りん。あんじょう両方のつり合いが取れんとあかんのや――

先々代の主人やった父は、いっつもこう言《ゆ》うてましたけど、ほんまにそうやなぁ、とつくづく思います。

本音《ほんね》を言うと、岩田さんと萩原のダブル板長にしたいんですけど、両雄並び立たずて、言いますさかい、実際にそうなったら、うまいことといかへんのでしょうね。

そんなことを考えてるうち、制限時間が迫ってきました。

始まったころは、余裕の表情やったふたりも、今は真剣な顔つきで料理と格闘してます。

「今日はいつにのう迫力がありますな」

宜さんは身体《からだ》を乗りだして、ふたりの調理風景に見入ってます。旬さんの言葉が効いたんでしょう。

「次郎《じろう》ちゃんはこの前の勢いに乗ってる感じやね。相変わらず岩田さんは淡々としてはるけど、動きに無駄がないのはさすがやわ」

悦子さんは冷静に見てます。

「このふたりが板場に居《お》るかぎり、少々眺めが悪くなったって店は安泰だね」

旬さんがにやりと笑わはりました。

旬さんも向かいのホテル建設の話は知ってはるんや。わたしに代を譲ってから
お店のことに、関心が薄ぅなったんと違うかしらと案じてましたけど、ちょっぴ
り安心しました。

けど、知ってたんやったら、なんでわたしに言うてくれはらへんかったんや
ろ。

たいしたことやないと思うてはったんか、それとも、なんか考えでもあるんや
ろか。いっぺん訊いてみんとあきません。

「ライバルが居《お》るというのは、ええ刺激になるもんや」

僧休さんがひとり言を言《ゆ》うてはるのは、萩原と岩田さんのことなのか、それと
も川向こうにできるホテルのことなのか、どっちですのや。達人の域に達してては
る僧休さんのことやさかい、両方掛けてはるのかもしれません。けど、そうやと
したら、けっこう情報が出回ってたんかもしれません。

そういうことには疎《うと》い、てな言い訳は、主人を継いだ今となってはできませ
ん。ちゃんとアンテナ立てとかんとあきませんね。

いよいよ、制限時間になりました。

「時間です」

腕時計を見ながら、宜さんが緊張した声で終了宣言をしました。

終わった瞬間のふたりの表情を見るのが好きです。

ふたりともやり切った満足感が顔に表われてて、見てるだけで清々《すがすが》しい気持ちになります。

勝ち負けはどうでもええやん、て言いたいとこですけど、そうはいきません。

ふたりの料理人は勝つために対決してるんですさかい。

さぁ、どんな料理になったんやろ。いつもながら緊張する時間です。

「わたしのほうからでいいでしょうか？」

みんな揃ってうなずいたんをたしかめて、審査員の前に、岩田さんが料理を出さはりました。

七人とも料理に目が釘付《くぎづ》けになりました。

「鯛は言《ゆ》うまでもなく魚の王さまです。それも明石の鯛は、日本の魚のなかで一番だと思っております。それだけ希少なものですが、その鯛を無駄なく使って、老舗料亭にふさわしい料理に仕上げる。これがわたしの使命だと思い、直球で勝負しました。骨付きの身は岩塩で薄味に焼き上げ、二種類のタレを添えております。黄色いほうが粒マスタード、緑色は木の芽《きめ》酢《ず》です。蓋付椀のほうは、いわば岩田風鯛めしといったところ。お好みで粉山椒《こなざんしょう》を振ってお召し上がりください」

骨付きの背の身は、ひと口大に切り分けてあって、酢橘《すだち》が添えてあります。なんや、鯛の塩焼かいな、と侮《あなど》ってましたけど、食べるとびっくりするほどおいしいんです。

鯛のおいしさを超えてるていうか、魔法が掛かったような深い味がします。ただの鯛の塩焼には思えません。岩田さんはどんな魔法を使わはったんでしょう。あとでじっくり訊いてみたいと思います。

鯛めしもしかり。想像してたんと全然違います。ざっくり言《ゆ》うたら、親子丼の鶏肉の代わりに鯛が入ってる、ていう感じです。丼つゆにも鯛の出汁《だし》を使《つこ》うてはるんやろけど、これも目からうろこでした。

鯛めして言《ゆ》うたら、ふつうは鯛の身を炊《た》き込んであるんですけど、見た目からしてぜんぜん違います。

岩田さんのすごいとこは、こういう料理をさらっと作らはるとこです。親子丼の鶏の代わりに鯛を使うやなんて、誰でも思いつきそうやけど、これまで見たことありません。けど、けっして奇をてらうようなもんやない。こんな料理むかしからあった、て言われたら、そうやったかいなぁと思うてしまうほどです。

ひとしきり感心したとこで、さぁ次は萩原です。こっちは打って変わって、見たことのない鯛料理です。

「ご覧のとおり鯛焼きです」

萩原が苦笑いすると、審査員もみなつられて、クスっと笑いました。

「皮は小麦粉で、なかは餡子と違って鯛のおこわです。なかを開けると全体に真っ白なんで、見た目には食欲が湧かへんやろと思って、クコの実をおこわに混ぜました。紅白に仕立てといたら、お祝いごとにも使うてもらえるやろし。ひそかにテークアウト商品も狙うてます。ひと口串揚げのほうは三種類作りました。三つ葉の軸、大葉《おおば》、芽葱《めねぎ》をそれぞれ鯛の身で包んで串に刺してフライにしてます。山椒塩《さんしょうじお》かポン酢を付けて召しあがってください」

見たとこは鯛焼きですけど、食べてみると飯蒸《いいむ》し。おもしろい趣向です。ひと口でぱくりと食べられるのもよろしいな。小ぶりやさかい、もうひとつ食べとうなります。

これをテークアウト商品としても考えてるのが、萩原のええとこです。ただ料理を作るだけやのうて、店の経営という点も、ちゃんと考慮してくれてる。長い付き合いやさかい、でもあるんですけど、こういうことにまで気が回るのが萩原のええとこです。

岩田さんも萩原も、それぞれの持ち味ていうか、気質が料理に表われてます。鯛を串揚げにするていうのもええアイデアです。フライもんは洋食になりますけど、ソースを付けんと、ポン酢か山椒塩やさかい和食て言《ゆ》うてもおかしない。ましてやお鯛さんやさかい、品があります。

和食が世界無形文化遺産に登録されたとき、京料理界の重鎮《じゅうちん》さんが、タコ焼きもラーメンも和食に入る、て言うてはったぐらいですさかい、この串揚げなんかは胸を張って和食やて言えますやろ。

料理対決の最中やていうのに、ついつい横道にそれてしまうのは、わたしの悪いクセです。

萩原の料理は、どっちもお箸《はし》やのうて、手でつまんで食べられるのもよろしいな。これやったら外国人のお客さんにも喜んでもらえそうです。

ど真ん中の直球を投げはった岩田さんか、クセのある変化球で攻めてきた萩原か、どっちに軍配《ぐんばい》をあげるか、むずかしい判断を迫られてます。

ほかの審査員はどない思うてはるんやろ。見まわしたとこ、むずかしい顔が並んでるさかい、きっとみんなも迷うてはるんでしょう。

けど、おおかたの予想はつきます。篠原さんは断定できしませんけど、たぶん秋山さんは岩田さん、僧休さんは萩原に軍配をあげはるやろと思います。

わたしもちょっと迷いましたけど、すんなり結論が出ました。ポイントは女性好み、というとこですやろか。やっぱりこれからの時代は、女性に受け入れられる料理やないとあきません。

審査員が点数を発表する時間になりました。いつもながら、緊張で喉《のど》が渇《かわ》くのですやろか、みんなお茶で喉を潤してます。

「ぼちぼち発表してもらいまひょか」

立ちあがって宜さんが審査員席を見まわしました。

「その前にひとついいですか？」

秋山さんが右手を挙げはりました。なんですやろ。

「どうぞ」

宜さんは困惑した表情を浮かべながら、秋山さんに手のひらを向けました。

「萩原くんにお訊ねしますが、この鯛焼きを焼く器具は、元からこの板場にあったものですか？　それともあなたの私物ですか？」

「さすがにこんなもんは料亭の板場にはありませんやろ。ときどき家でこれを使って鯛焼き屋ごっこをしていたもので」

苦笑いしながら萩原が答えました。

「ということは、岩田さんはこれを使えない、というか、この存在すらご存じなかったのですね」

秋山さんが岩田さんに向きなおらはりました。

「はい」

怪訝《けげん》そうな顔をした岩田さんが、短く答えはりました。

「たしかこの料理対決は、この板場にある厨房機器、器具を使うということを前提としていたのではないですか？　であれば、この鯛焼きは明らかにルール違反だ。審査以前に萩原くんは失格だとぼくは思うのですが、いかがですか」

秋山さんが険しい目つきでこっちを見てはります。

思いがけん事態に、秋山さん以外の審査員はみんな顔を見合わせて、困ったなぁ、ていう顔をしてはります。

秋山さんの言うてはることももっともなんですけど、これだけで失格いうのもねぇ。さぁ、どないしたもんですやろ。わたしひとりで判断するわけにはいきません。助け舟を出してくれはらへんかと、旬さんに目くばせしたんですけど、知らんぷりしてはります。

そういう決まりを作ったことは間違いありませんし、その意味ではたしかに萩原はルール違反を犯したことになります。けど、その場合は失格にする、というとこまでは決めてしません。

そもそもこのルールは、最新鋭の調理器具とかを勝手に使うたりするのはあきまへんえ、ていうぐらいの軽い気持ちで作ったもんやさかい、今みたいなケースは想定外です。

萩原がオモチャみたいな鯛焼き器を使うたさかいて言うて、岩田さんがえらい不利にならはったていうこともないさかい、見逃してもええ思うんですけど。とは言え、決まりは決まりやし。困ったことになりました。どないしたもんやろ。いつもやったら、こういうときに旬さんがええ知恵を出してくれはるんやけど。

しばらく沈黙が続いたあと、岩田さんが手を挙げはりました。

「どうぞ」

宜さんが手のひらを上にして、岩田さんに向けました。

「そこまで厳格にしなくてもいいでしょう。審査員のみなさんの採点だって主観に基づくものですしね。たしかに不公平感は出るかもしれませんが、それは採点のうえで考慮されればいいと思います。秋山さんは萩原くんが自前で器具を持ち込んだことを良しとされないのなら、その分を減点されたらいかがですか。それで充分だとわたしは思いますがいかがでしょう」

岩田さんがそう言わはったら、秋山さん以外は拍手で賛同しました。

秋山さんは腕を組んだまま、むずかしい顔をしてはります。

というわけで、やっとこさ審査の発表です。

接戦になるやろと思うてましたけど、思いがけん結果になりました。

わたしと悦子さんだけが萩原の勝ちで、あとの審査員はみんな岩田さんに軍配をあげました。

僧休さんはきっと萩原に高点数を付けはるやろと思うてたんで意外やったんですけど、講評を聞いて納得しました。

「萩原くんの鯛焼きや串揚げは、なかなかおもしろいアイデアやと思うたけど、『糺ノ森山荘』という暖簾《のれん》には似合いませんな。食堂のメニューに載せるんならええが、老舗料亭の板長を決める勝負としては、これを勝ちとするわけにはいかん」

なるほど。おっしゃるとおりですわ。

「わたしもおんなじです。たとえば『飛鳥Ⅱ』のお客さまに提供するとしたら、萩原さんの鯛焼きや串揚げは、カジュアルレストランになりますが、岩田さんの塩焼や鯛めしは、メインダイニングでお出しできると思います。そう考えると、やはり岩田さんに軍配をあげるべきかと」

篠原さんもおんなじような理由から、岩田さんを勝ちとしはりました。

「ぼくがあれこれ言うまでもないでしょう。どう考えても岩田さんの勝ちです」

秋山さんが仏頂面してはるのも、なんとのう分かる気がします。岩田さんが勝たはることになったんは思いどおりやけど、その理由として自分の言い分が通らへんかったんが不満なんやと思います。

「ぼく的には接戦だったな。引き分けにしてもいいかなと思ったぐらいです。たしかに、どちらの料理が『糺ノ森山荘』にふさわしいかと言えば、みなさんとおなじ意見ですが、板長としては、これぐらいのチャレンジ精神があってもいいという点で、萩原に軍配をあげたい。最終的に岩田さんの勝ちとしたのは、完成度です。塩焼も鯛めしも申し分のない味わいだった。萩原のほうは、アイデアとしてはいいのだけど、もうひと工夫して欲しかった。鯛焼きのなかのおこわなんかは、クコだけじゃなく、木の芽を刻んで混ぜ込んで香りを立たせるとか、串揚げのほうも、鯛を漬《づ》けにするか胡麻和《ごまあ》えにするとかして、塩やポン酢なしでそのまま食べられるようにすれば、もっと完成度が高くなるでしょう」

なるほど、さすが旬さん。ええとこ突いてはります。

「みな先に言われてしまいましたな。わしも似たようなもんです。やっぱり『紅ノ森山荘』の料理はこうやないと、っちゅうことで岩田さんの勝ちにしました」

宜さんは頭をかきながら、苦笑いしてはります。

「みなさんのおっしゃるとおりやとも思いますけど、『泉川食堂』かてしっかり収益を上げてますし、その点も頭に入れてもろたら、よかったたん違うかなと思うてます」

悦子さんは不服そうです。

わたしもそう思いますけど、収益がどうやとかは、外部の審査員の方には関係ない話やし、これでよかったたんと違いますやろか。

こないして、鯛料理の対決もぶじに終わりました。

ひと仕事終えて、お茶飲んでて気になったんは、やっぱり川向こうのホテルです。

話を聞いて、最初は景観のことばっかりが気になってたんですけど、よう考えてみたら、お客さんを向こうに取られるんと違うやろか、ていう不安が出てきました。

外資系の高級ホテルに、もしもうちに似たような日本料理のお店ができたら、どないなるやろ。

うちは歴史ある老舗料亭やさかい、別もんやと自負してますけど、今の時代、お客さんの好みも変わってきてますし、それこそ〈映え〉勝負やったら、うちが負けるような気がします。

むかしからの、うちの顧客さんは大丈夫や思いますけど、新規のお客さんを増やすのはむずかしいなりますやろ。

そんなことを考えだしたら、居ても立ってても居られんようになりました。『泉川食堂』はこのままでええんやろか。『糺ノ森山荘』はもっと改革を進めんとあかんのと違うやろか。

誰か答えを教えてくれはらへんやろか。

ふと思いついたんは、『木嶋《このしま》神社』です。

わたしが旬さんから暖簾を受け継いで、九代目の主人になったんも、『木嶋神社』さんへお参りに行ったことが切っ掛けやったし、その流れで岩田さんという料理人が、うちで働かはるようになったんです。

初心に返るていうか、もういっぺん見なおすために、お参りしに行こう。そう思うたんです。

第三話

# 麺料理対決

1

『木嶋神社《このしま》』は嵐電《らんでん》の蚕ノ社《かいこのやしろ》駅近くに建ってて、京都のひとはたいてい蚕ノ社さんて呼んではります。

なんで蚕ノ社て呼ばれてるかて言うたら、神社の境内《けいだい》にお蚕さんをお祀《まつ》りする『養蚕《こかい》神社』があるさかいやそうです。

京都はむかしから絹織物の名産地でしたさかい、お蚕さんをだいじにしてきたんです。

こちらの神社とうちの朱堂《すどう》家のあいだに、どんなかかわりがあったか、分かってるようで、まだまだ分からんことがようけあります。

うちの屋号にもなってる糺《ただす》ノ森《もり》は、むかしはここにあったていう話を聞いてびっくりしました。それだけやないんです。『下鴨《しもがも》神社』さんにある御手洗池《みたらしのいけ》も、こっちが本家やていう話です。

夏の土用《どよう》の丑《うし》の日のころに行われる御手洗祭も、ここから始まったていう説もあるらしいんです。

つまり今の『下鴨神社』さんの元になってるのが『木嶋神社』やていうことになります。

『糺ノ森山荘』は『下鴨神社』さんの門前茶屋として始まったて、うちに代々伝わる古文書にあるさかい、記録に残ってへんところはこの『木嶋神社』さんの傍《そば》で商《あきな》いしてたんかもしれません。

不思議な話ですやろ。

そんなことをあれこれ考えながら鳥居《とりい》を潜って、石畳《いしだたみ》の参道を歩いてたら、聞き覚えのある声が背中から聞こえてきました。

「ようお参りくださいました」

あのときの神官さんです。

空色の袴《はかま》に白い狩衣《かりぎぬ》をお召しになった姿は、あのときとおんなじです。

神のお告げて言《ゆ》うたら、怪しげな話やと思われるかもしれませんけど、わたしが旬《しゅん》さんから代替わりして、九代目になったんも、この神官さんのお言葉があったからやと思うてます。

「その節はありがとうございました。おかげさまで店のほうも、なんとか続けられております」

深く腰を折りました。

「なによりです。引き続きご精進《しょうじん》ください」

威厳《いげん》がある、ていうのはこういうことを言《ゆ》うんですやろね。お腹の底にまで神官さんのお声が響いて、思わず頭を下げました。

「あの～……」

立ち去ろうとしはった神官さんの背中に、つい声を掛けてしもうたんですけど、頭のなかは真っ白で、何を言おうとしたんかすら、自分でも分からへんのです。

「ご本殿《ほんでん》だけでなく、ぜひ三柱の鳥居にもお参りください」

振り向かれた神官さんが、わたしのほうを真っすぐ見ておっしゃいました。

「分かりました。かならず」

一瞬、雷に打たれたような気がしました。

「なぜこちらの鳥居には三本の柱があるのか。それを考えながらお参りください」

鋭いまなざしを残して、神官さんは早足で立ち去っていかれました。

あの不思議な三柱の鳥居が、なにかヒントを与えてくれはるんやろうか。

まずはご本殿にお参りして、急ぎ足で左手にある元糺《もとただす》の池に向かいます。池て言《ゆ》うても今は水がほとんど涸《か》れた状態ですが、そのなかに鳥居が建っているんです。

むかしは鳥居の下を潜れたんやそうですけど、今は危険防止の観点からか、竹垣が巡らせてあって、その外からお参りするようになってます。

なんべん見ても不思議な鳥居です。三柱て言うても、ただ鳥居の柱が二本から三本になっただけやのうて、三つの鳥居が組んであるように見えます。

三角形になった柱の真ん中には、石が山の形に積んであって、その頂《いただき》には御《ご》幣《へい》がお祀りしてあります。

ふつうに二礼二拍手一礼《にれいにはくしゅいちれい》でよかったんやろか。お参りしてから、ちょっと不安になりました。

どこの神社へ行っても、鳥居を潜るときに一礼はしますけど、拍手はせえしません。鳥居に向かって拍手するて初めてのことや思います。

神官さんのお言葉を思いだして、なんで三つの柱が建ってるんやろと、頭を巡らせます。

ふと思いだしたんは、カメラの三脚です。

旬さんが撮影のときにいっつも三脚を使うてはって、なんでそんな面倒くさいことするの？　て訊いたら、ブレないから、て答えはったんです。

たしかにスマホとかで写真撮ったら、ブレてしもうてボケた写真になってることがようあります。

シャッターボタンを押すときに、動いてしまうんですやろね。それを防ぐために三脚で固定する……。

そうか。そういうことやったんや。

三本の柱があったら安定する。答えはそうと違うやろか。神官さんにたしかめてみたい気もしますけど、とうに姿を消してもてはります。

社務所も留守のようで閉まってます。

　この前もそうでしたけど、この神社てほとんど人の気配がないんです。今日も境内はし～んと静まりかえっていて、ほかに参拝してはる人も見掛けません。それだけに神域ていう感じが強いんですけど。

「お気づきになりましたか」

　背中から声が聞こえてきたのには、心底驚きました。

「ずっとそこにいらしたんですか」

　真後ろに立ってはるのは神官さんです。まさに神出鬼没ですわ。

「柱は二本より三本が安定します。しかしながら、ただ三本建てればいいというものではありません。三角形を描くように建てれば、強固なものになるのです」

「なんとのう分かりましたけど」

　ほんま言うと、まだまだ分からんことがようけあるんです。けど、最初にお会いしたときもおんなじやったんを思いだしました。岩が飛び込んでくるやとか、六つの岩やとか、あのときもなんのことか、さっぱり分からんまま帰ったんです。そしたら、岩田六郎さんていう方が突然訪ねて来はって。神官さんは預言者やったんかと思うたんですけど、今回もそうなんやろか。

「糺ノ森には今、傷ついた一羽の鳥がさまよっています。その鳥を癒《いや》してやりなさい。そうすればいずれ柱は三本になるでしょう」

「傷ついた鳥……」

それが、どう三本の柱と結びつくんやろ。さっぱり分かりません。癒してやりなさいて言われても、糺ノ森は広過ぎますし。

「糺ノ森のなかを探しまわるのは大変です。どの辺りにいるかを教えてもらえませんやろか」

「探さずとも、向こうから飛び込んでくるでしょう」

一礼した神官さんは、きびすを返して立ち去って行かれました。

岩の次は鳥。また飛び込んでくるんかいな。なんのことやろ。最初の公案《こうあん》みたいな話もたしかやないのに、もうひとつ宿題を与えてもろて、ありがたいやら悩ましいやらです。

そらまぁ、あの広い糺ノ森やさかい、一羽ぐらい傷ついた鳥がいるかもしれません。けど、なんでうちに飛び込んでくるんやろ。考えて分かる話やないんですけど、悩ましいことです。

ちょっとお腹《なか》も空《す》いてきたし、近所でなんか食べて帰ろかしらん。

『木嶋神社』の境内を出て、嵐電の蚕ノ社駅へ向かう途中で、むかしながらの中華屋さんを見つけて入ってみました。

時分どきやなかったせいか、お客さんはふたりだけ。若い学生さん風のおふたりは、ラーメンと焼飯《やきめし》の両方を食べてはります。

メニューを見たら、ランチセットはびっくりするほど安いんです。せやけど、わたしはそんな食べられしません。焼飯だけをお願いしました。

最近は町中華て呼んで、にわかにブームみたいになってる中華屋さんですけど、子どものころから慣れ親しんでるわたしらには、今さらなんですのん？　て言いたなります。

うちの近所の中華屋さんも、いっつも行列ができてて入れしません。なんでもかんでもブームにするのはやめて欲しい思います。

そんなことを考えてるうち、焼飯がきました。見たとこ、ふつうの焼飯です。出来たて熱々やさかい、湯気が上がってます。

いかにも町の中華屋さんらしい、八角形のお皿がよろしいな。添えてある紅シヨウガをちょこっとレンゲに載せて、焼飯を掬《すく》うて口に入れます。

思うてたとおりの味です。家庭の味とは違うけど、必要以上に凝《こ》った味付けでもない。ほっこりする味ですねん。こんな味やったら毎日食べても飽きひんやろ思います。

スープが付いてきますけど、これもまたおいしい。素直なお味です。ジャンルは違《ちご》うても、『泉川《いずみかわ》食堂』もこういう料理を出せへんやろか。どこそこ産の高級食材を使うたり、なにかと言うと、こだわり、こだわり。そんなんとは無縁の、こういうふつうの料理。

『木嶋神社』さんへお参りしてほんまによかった。帰り道でええヒントをもらいました。これもご利益《りやく》のうちですやろね。

あとは宿題の答えを見つけるだけ。嵐電の駅に向かおうとすると、雨がぱらついてきました。これからしばらくは、うっとうしい季節が続きますわ。

## 2

一年で一番うっとうしい季節、て言うたら梅雨《つゆ》に気の毒かもしれまへんけど、毎日毎日しとしとと雨が降り続くと気がめいりますわ。

ざーっと降るときは降って、上がったらお陽さんがかーっと照る。そんなんやったらええんですけど、今年の梅雨は陰性型やそうで、朝起きたらいっつも雨が降ってて、ほとんど止《や》み間《ま》のう一日が終わる。そんな日が何日も続いてます。『木嶋神社』の神官さんが言うてはった、傷ついた鳥が飛び込んでくることもありませんし、三本の柱もまだなんのことやら分かってません。

こんな季節はどこのお料理屋さんも、ヒマの佃煮《つくだに》炊《た》いてはるはずです。うちなんかは佃煮も煮詰まりすぎて焦《こ》げてしまうぐらいです。

玄関のガラスを磨いてる大番頭の伏原宜家《ふせはらのりいえ》も、しかめっ面《つら》をしてます。

「おはようさん。雨やとガラス磨きも大変ですやろ。ごくろうさんやな」

「女将《おかみ》さんおはようございます。こない雨が続くとうんざりですな。庭も掃《は》けんし、庭木の手入れもできん。しょうことなしにガラス磨いてますんやが、思うたようにはきれいになりまへん」

　宜《のり》さんはガラスに息を吹きかけて、新聞紙でこすってます。ガラスが汚れで曇ってると、お客さんもがっかりしはるんで、いつもきれいにしてます。ガラス磨き専用の洗剤やとか、クロスやとか、いろいろ試してみましたけど、やっぱり古新聞がよろしい。むかしのひとはよう知ってはるんや。

「今日のお昼もひと組だけやそうやね」

　お客さんが少ないと、気持ちも暗《くろ》ぅなります。

「食堂のほうはまぁまぁ予約が入っとるみたいでっけど、料亭のほうはさっぱりですわ。梅雨が明けるまではこんなもんでっしゃろな」

　宜さんはあきらめ顔です。

「このヒマなあいだに次の料理対決しときまひょか」

「よろしいな。ちょっとあいだが空《あ》きましたさかい、ぼちぼちかいなぁと思うてましたんや。テーマはなににします？」

ひと仕事終えた宜さんは、額にうっすらにじむ汗を手ぬぐいで拭《ふ》いてます。

「こんなん言うたらなんやけど、この時季は食欲が湧きまへんさかい、なんにも思いつかへんのですわ」

「料亭の女将にあるまじき言葉でっせ。よそでそんなこと言わんとぉきやすや。こんなときこそ、しっかり食べて夏に備えんとあきまへん」

宜さんに、きつうにらまれました。

「すんまへん」

宜さんの言うとおりでっさかい、素直に謝りました。

「鳥料理は萩原《はぎわら》、鯛料理では岩田《いわた》はんが勝ちましたさかい、一勝一敗の五分。第三戦はだいじな戦いになりまっせ。どんな料理をテーマにするか、慎重に選ばんなりまへん」

今年は今のとこ一勝一敗。宜さんに言われるまでものう、次の一戦はだいじやと思うてます。それだけに簡単に決められへんのです。食欲が湧かへんさかいでもあるんですけど。

「次はいっそテーマをふたりに決めさせたらどうでっしゃろ」

宜さんが思いきった提案をしてきました。

「それよろしいな。そうしまひょ」

渡りに船、てこういうときに使うてええ言葉でしたかいな。ふたりに下駄《げた》を預けたら楽です。

「えらい簡単に決めはりますねんな。ほんまにええんでっか？」

もうちょっと勿体《もったい》ぶったほうがよかったやろか。根が正直なもんやさかい、すぐ胸の内を見抜かれてしまいます。

「ええアイデアですがな。さすが宜さんやと感心してます。早速今日のお昼にでもふたりに伝えとぉくれやすか」

「承知しました。ふたりで話し合うて決めるように言うときます」

宜さんが胸を張ってます。こういうときは褒《ほ》めるのが一番ですな。

宜さんとそんな話をしてるとこへ、仲居頭《なかいがしら》の和泉悦子《いずみえつこ》さんが、血相を変えて駆け寄ってきました。なんぞあったんやろか。

「おはようございます。てな挨拶してる場合やないんです。えらいこってす。保健所の方がお見えになって、責任者の方に訊きたいことがある、て言うてはるんです。すぐに来とぉくんなはれ」

「保健所？　なんですやろ。突然お見えになるのはただ事やないな。すぐに行きます」

　胸をどきどきさせて応接室へ向かいます。

「わしも一緒に行きます。ひょっとして食中毒かなんかでっしゃろか」

　宜さんは青ざめた顔で後ろをついてきます。

　うちはこれまで、創業以来いっぺんも食中毒出したことがありません。先々代の主人やった父も、毎日のようにそれを従業員に注意してましたし、細心の注意を払《はろ》うてました。先代の主人やった旬さんも、ほかのことはさておき、食中毒を出さへんようにと言い続けてました。仮に何か問題があったとしても、事前に電話の一本もあるはずです。抜き打ちの検査かなんかやろか。いずれにしてもええ話やおへん。面倒なことにならなんだらええんですけど。

　応接室に入ると、保健所の方が三人立ってらっしゃいます。

「下鴨保健所の宮寄《みやざき》と言います。突然で申しわけありません。お話ししたいことがあってまいりました」

身分証を見せはった宮嵜さんていう方は課長さんみたいです。あとのおふたりも名前を名乗らはりました。

「主人の朱堂明美《あけみ》です。まぁ、どうぞお掛けください。お話てなんですやろ」

三人も来はるなんて、どんな大事が起こったんか、気になってしょうがありません。

「ちょっとこれをご覧いただけますか」

そう言うて宮嵜さんがタブレットの画面を向けはったんを見て、悲鳴をあげそうになりましたけど、あんまり驚いたさかいか、声も出ません。

「これはお宅のお店の厨房《ちゆうぼう》に間違いありませんか？」

宮嵜さんが畳みかけるように訊いてきはりました。

「たぶんそうやと思います」

見覚えがあるどころか、この写真の厨房を見いひん日はありません。

「これはどういうことでしょう」

「どういうことでしょう、て言われましても」

「こういうことがあったのは覚えてられますね」

「とんでもない。まったく知りません」

「ご主人である朱堂さんがご存じなかったということは、従業員の方から報告がなかったと解釈すればいいでしょうか?」

「そういうことになりますけど……。わたしには信じられません」

思うとおりに答えました。

写真は間違いのう、うちの板場《いたば》です。その作業台の下にネズミの死骸《しがい》が写ってるんです。信じられへんのですけど、こないして見せられたら、認めんわけにはいかんのでしょう。

「この写真が当保健所に送られてきたのは、一昨日のことです。まさか今もそのままということはないでしょう。となれば従業員のどなたかが、ご主人に内緒で始末されたということになりますが」

宮嵜さんの言わはるとおりです。

板場に出入りするスタッフの顔を、順番に思い浮かべてみました。内緒で片付けてしまいそうな顔は、ひとつも思い当たりません。

「どなたが送って来はったんです?」

「こういう場合はたいてい匿名《とくめい》ですので」

たぶんそうやろなと思います。名前が分かってても教えてくれはらへんやろけど。

「わたしに報告もせんと、黙って片付けてしまうようなスタッフは居いひんと信じたいんですけど」

「ぜひすべての従業員の方に訊いてみてください」

「もちろんですけど、その写真、ちゃんとたしかめたいので、店のほうにメールかＬＩＮＥで転送しといてもらえますやろか」

「上席に確認してから送ります」

なんでこんな写真を保健所に。どういうことやろ。胸がざわざわします。

「外部のひとがうちの板場に入って写真撮ったりはできひんと思うんです。うちのスタッフが匿名で送ったということでしょうか」

そう訊いたら、宮嵜さんはあとのふたりと顔を見合わせて、首をかしげてはります。そらまぁ分からへんやろね。匿名やさかい。それともなんぞ隠してはることがあるんやろか。

「たぶん内部通報ですやろな」

ずっと何も言わんと後ろに控えてた宜さんが、耳元でささやいたとおりやと思います。店のもんか、出入り業者はん以外は板場に入らしませんし。

そう思いはじめたら、情けのうなって泣きそうになりました。どんな不満があったんか分かりませんけど、なんでわたしに直接不満をぶつけんと、こんな卑《ひ》怯《きょう》なことしたんやろ。板場にネズミの死骸があるような、不潔な場所で働くのかなん、と思うたんやったら、そう言うてくれたらええのに。

それにしても、ネズミ一匹どころか、ゴキブリですら見たことのない板場やのに信じられません。

先々代からも厳しい言われてますさかい、調理場の衛生状態については万全を期してますし、なんにも心配ないと自信持ってますけど、どっかに油断があったんかもしれません。

「調理場のほうを少し拝見してもよろしいでしょうか？　あらかじめご連絡を入れておりませんでしたので、また後日あらためて、でもいいのですが」

宮嵜さんの口調は穏やかですけど、目付きは鋭いです。

なんにもやましいことはありませんし、隠さんならんこともありません。ここで断ったりしたら余計怪しまれるだけです。

「どうぞご覧になってください。白衣と帽子、ゴム長と手袋は用意してありますさかい、それを使《つこ》うてください」

すぐに板場へお三方をご案内しました。

板場にはなんにも連絡しませんでした。ふだんどおりにしてくれてたら、絶対問題ないと信じてますし、ヘンに先入観を与えんほうがええと思うたからです。

「こちらが調理場です。ここで消毒してから、白衣やらを使うてください」

入口で説明してから、わたしは先に入りました。

「ご苦労さんです。急な話やけど保健所の方がお見えになってて、板場のなかを見たいておっしゃってます。ふだんどおり仕事しててくれたらええんで、よろしゅう頼みます」

板場のみんなは、きょとんとした顔してますけど、岩田さんだけは和帽子をかぶり直して、わたしに向かって一礼しはりました。

まかしてください。そう言うてはるように見えて頼もしい思いがしました。

白衣を着けたりすることに、あんまり慣れてはらへんのか、板場に入らはるまでにえらい時間が掛かりましたけど、入らはってからは、拍子抜けするほどの短時間で視察を終えはりました。

どこからどう見ても、不衛生な板場やないのは一目瞭然《いちもくりょうぜん》ですさかい、当然て言《ゆ》うたら当然のことですけどね。

けど、なんや犯人捜しするみたいな目付きで、板場の隅っこを覗きこんだりしてはると、ええ気はしません。文句のひとつも言いとうなります。

「女将さん、気ぃは長うに。短気起こしたらあきまへんで」

悦子さんはわたしの性格をよう知ってます。言いたいことも言わんと、ぐっと我慢しました。

「ご協力ありがとうございました。特に事故があったとかではありませんので、今回は調査とかではなく、あくまでお話を伺いに参っただけですから、その点はご了承ください。ただ、厨房の衛生管理につきましては、充分ご注意いただきますよう。それではこれで」

なにをどう調べはったんやら、よう分かりませんけど。

「誰がいつ写したんやも分からん写真一枚だけで、騒がせはって。調査とは違うて言われても、こっち側は嫌な思いしますやんな」

悦子さんが憤慨《ふんがい》するのももっともです。心証を悪ぅしたらあかんと思うて応じましたけど、旬さんに相談してからにしたらよかったやろか、てあとになって思いました。

それにしても、うちの板場にネズミの死骸やなんて。そのこと自体もショックですけど、それを誰かが保健所に通報したていうのが、余計にショックです。

ショックでお昼ご飯も喉を通りません。どんなときでも食欲だけはなくならへんはずなんですけど。いざ食べようとしたら、あのネズミの死骸が浮かんできてしもうて。まかない料理のおそうめんも、半分以上残してしまいました。

考えたら考えるほど、謎がようけ残ります。なんで板場のあんなとこにネズミが死んでたんやろ。それを誰が見つけて写真撮ったんやろ。なんの目的でそれを保健所に送りつけたんやろ。どれひとつとして、思い当たることがないんです。

けど、どれも事実なんです。そう思うたら哀《かな》しいて涙が出てきます。

宜さんが言うように、内部の人間でなかったら撮れへん写真やろうと思いますけど、それをわざわざ保健所へ送りつけるやなんて、そんなことをするスタッフが居るとは、なんぼ考えても信じられません。

世のなか思いも掛けんことが起こるもんや。父がよう言うてましたけど、ほんまにそのとおりです。

落ち込んででも、なんにもならへんことは重々承知してるんですけど、出るのはため息ばっかりです。

「ため息ばっかり吐《つ》いとっても、ひとつもええことおへんで。前を向いて進みまひょ。次の料理対決のテーマでっけど、ふたりが麺料理を提案しとるんで、そうしまひょか」

宜さんの言葉に、ちょっとだけ気が軽ぅなりました。

思い悩むより、料理対決を盛り上げることのほうがだいじどす。

麺料理。ええ案やと思います。麺もいろいろあるさかい、愉《たの》しい対決になるんと違いますやろか。

「よろしいな。早速日程を決めて、審査員のみなさんに連絡しとぉくれやすか」

一歩でも二歩でも前に進まんとあきません。

「承知しました」

宜さんも気合を入れ直しているみたいやし、わたしも落ち込んでる場合やおへん。気を取りなおして、おそうめんを食べきりました。

3

相変わらず、しとしとと雨が降り続いている日の午後です。お店がヒマなせいもあって、早々に料理対決の日になりました。

どんな麺料理が出てくるのか愉しみにして、舞台になる板場へ向かおうとしたときです。

「女将さん、保健所の宮嵜さんから電話が入ってます」

悦子さんからコードレスの受話器をわたされました。

またなにか発覚したんやろか。おそるおそる電話に出ました。

「宮嵜です。先日はありがとうございました。実はその際にお見せした写真の件なんですが、送り主から手紙が届きましてね、あれは加工した写真で、実際の画像ではないと書いてありました。改めてこちらのほうで検証したのですが、加工した痕跡は見られないのですが、本人がそう言うものですから、あの話はなかったことにしていただけますか」

思いも掛けんことが続いて、なにがなんやら分かりませんけど、うちにとっては悪い話やないし。とは言うてもすぐに納得するような話と違います。

「なかったことに、て言われましても。そんな不たしかなことで調査にお見えになったんですか」

ちょっときつう言いました。

「ですからあのとき申し上げましたでしょ。調査ではなく、あくまでお話を聞かせていただくために伺ったと。わたしどもとしましても、通報があった以上放置するわけにはいきませんので。たしかにご不快の念を与えてしまったかもしれませんが、こちらも仕事ですのでその点はどうかご容赦ください」

そう言うて電話を切ってしまわはりました。

狐につままれたみたいな話です。

加工て、なにをどうしはったんか、ただのイタズラにしては手が込んでるし、その目的もよう分からんままです。うちの店を困らせようとしはったんやろ思いますけど、恨まれるようなことも思い当たりませんし、同業者から妬《ねた》まれるほど繁盛してるわけでもないし。

写真を送ったひとのことは分からへんかったみたいやし、なんの目的で写真を送りつけたんかも分からんままです。またおんなじことを繰り返さへんとも限りませんので、小骨は喉《のど》に刺さったまま、ていう感じで、納得がいきません。それでもまぁ、いちおう問題は解決したんやさかい、と自分に言い聞かせて、料理対決の場に向かいます。

先代から店をあずかってから、ほんまにずっとジェットコースターに乗ってる気分です。

上ったと思うたら急降下して、しばらくしたらまた平坦な線路を進んでいって、また上り坂が見えてきます。

板場へ向かう路地に薄日が差してきました。梅雨の晴れ間はホッとします。お天道《てんとう》さんを拝むのはいつ以来ですやろ。

ハッと胸を打たれるぐらいきれいな庭の緑です。青もみじも桜の葉も、雨のしずくをまとうて、きらきら輝いてます。

きっとええことがある。先々代主人やった父は雨が上がると、いっつもそう言うてました。木漏れ日に光る石畳を一歩ずつ前に進むと、たしかにそんな気がしてきました。

足元がお悪いなかを、てよう言いますけど、ほんまに今日はそんな感じです。薄日は差してますけど、あちこち水たまりだらけで、歩くのにも苦労します。

そんな状態やのに、篠原《しのはら》さんやら秋山《あきやま》さんは遠方からわざわざ審査にお越しいただいて、ほんまにありがたいことです。お近くやけど僧休《そうきゅう》さんにもお礼を言わんとあきません。

みんな揃うたとこで、今年三回目の料理対決が始まりました。

麺料理ていう一風変わったテーマやさかい、どんな料理が出てくるのか、わたしもやけど、みんな興味津々《きょうみしんしん》です。

料理対決がはじまった、最初のころはぎこちない感じでしたけど、回を重ねるごとに手際《てぎわ》がようなってきて、今ではふたりとも、てきぱきと動いて、いつの間にか料理が出来上がってるのに感心します。

むかしテレビで料理対決の番組を毎週愉しみにしてましたけど、あのとき心底感心したんは、料理人さんの手際の良さです。ひとつとして無駄な動きがありませんでした。制限時間ギリギリになると、テレビを観ているこっち側もハラハラしますけど、ちゃんと最後は時間内に仕上げはる。すごいなぁと思うて観てたんと、うちの料理対決もおんなじような気がします。

おそうめんやら、茶そば、見たこともない紫色のおうどんやとか、ふたりの料理人はいろんな麺を使うて、真剣な顔つきで料理を作ってます。

結果はもちろんだいじですけど、わたしにはこのふたりが、一心不乱に料理対決している姿を見るのが、何よりの喜びです。

ひょっとしたら、このふたりがまぶし過ぎて、やっかんでるスタッフが居るのかもしれません。どっちかが失脚するように仕向けた……。いや、そんな卑怯なことを考えるスタッフはひとりも居ません。そう信じたいもんです。

岩田さんはお蕎麦を揚げてはりますし、萩原は手動式の製麺機を使《つこ》うて、パスタみたいなもんをこしらえてます。どんな麺料理が出来上がるのか、ワクワクしながら見守ってます。

そうそう。前回の鯛料理対決で、萩原がオモチャみたいな鯛焼き器を使うて、ちょっとした問題になりましたけど、今回萩原が使うてる製麺機はうちの板場にあったもんです。長いこと使《つこ》うてなかったんで、その存在すら忘れてたんを、萩原が倉庫から引っ張り出してきて、きれいに整備したら案外使えることが分かったんです。

『泉川食堂』でお子さまメニューに出してるスパゲティはこれを使《つこ》うて、好評をいただいてます。これやったら秋山さんがクレーム付けはることもありません。

それぞれ、ふた品ずつ作ることになってるんですけど、あれこれ考えてるうち、どうやらふたりとも完成に近づいているようです。制限時間はあと十分。それでもまだふたりは必死の形相《ぎょうそう》で動きまわってます。いつもながら、ちょっとハラハラする瞬間です。

あと五分で終了というときに、岩田さんが手を挙げはりました。

「ひとつお訊ねというか、審査員の方々にお願いがあるのですが」

なんやろう。七人の審査員が顔を見合わせました。

「どないかしはりましたか？」

宜さんが岩田さんに顔を向けました。

「この料理は、審査いただく直前に仕上げたいのですが、ルール違反になりますか？　どうしても制限時間内に仕上げなければいけないのでしたら、そうしますが、できれば試食いただく直前に」

岩田さんは審査員の顔を見まわしてはります。

「いいんじゃないですか？　テーブルで仕上げる料理というのはよくあることですから」

真っ先に篠原さんが答えはりました。

「それはまずいんじゃないか。そのために制限時間が設けてあるのだから」

思うたとおり、秋山さんは否定派です。

「この前の鯛焼き器問題と一緒で、審査員のみながそれぞれ判断したらええんと違うか。それを減点の対象とするかどうか、の判断はみなにまかせまひょ」

僧休さんの提案にみんなが納得しました。秋山さんも不満そうな顔しながらも納得しはったみたいです。

というわけで、岩田さんのほうはあとに回して、萩原のほうから試食することになりました。

「一品目は鱧《はも》そうめんです。鱧をすり身にして、麺状にしました。京都の夏に欠かせん〈魚《うお》ぞうめん〉によう似てます。あれよりやや太めにして、あったかい出《だ》汁《し》つゆで食べてもらいます。具は鱧の天ぷらです。二品目は茶そばのウニバター和え。お好みで刻み海苔とおろしワサビを和えて召しあがってください」

どっちもおいしそうです。

あったかいほうからいただきまひょ。

鱧の天ぷらうどん、ていうとこどっしゃろか。ムチッとした歯ごたえの麺とカラッと揚がった天ぷらが、ええ感じで絡み合《お》うてます。鱧料理としても完成度が高い思います。

〈魚ぞうめん〉は萩原の言うように、京都の夏の風物詩になってるもんです。ほかの地方では食べへんみたいですけど、京都ではスーパーマーケットでも、かまぼこ売場にたいてい並んでて、おつまみに買うひとはようけやはります。抹茶《まっちゃ》を練《ね》り込んだ緑のと白の二色で、出汁味のタレが付いてて、冷たいままつるつると食べます。〈魚ぞうめん〉とはよう言うたもんで、味はお魚やけど、食感はそうめんです。

白身魚のすり身を使うんですけど、上等の〈魚ぞうめん〉には鱧のすり身を使いますさかい、この麺は目新しいことはありません。ただあたたかい出汁つゆで食べるのは新鮮です。すまし汁の具に〈魚ぞうめん〉を使うお店もときどき見かけますけど、それはあくまで脇役に過ぎません。麺そのものを味わうというこの料理はええアイデアや思います。鱧の天ぷらも入ってるさかい、出汁つゆに鱧の味がしっかり染み出して、味に深みがあります。

茶そばのほうはウニバターとの相性も悪ぅないし、いっぷう変わった風味やと思いますけど、麺料理としてはどうなんやろ。ちょっと平凡なような気がします。別に茶そばやのうて、お餅とか白ご飯でもええのと違うかしらん。

ふた品とも、萩原にしてはちょっとパンチが足りんかったように思います。

次は岩田さんの番です。

「一品目は巣籠蕎麦です。揚げた蕎麦を鳥の巣に見立てて、五目餡《ごもくあん》を掛けます。これ自体は蕎麦屋さんでも出しておられるところがありますが、わたしがこだわったのは出汁。料亭でしか出せない贅沢な出汁の餡を味わってください。ほんとうは蕎麦も揚げ立てにしたかったのですが、揚げてから少し時間が経ちましたので、その分は差し引いてお考えください」

ちょっと悔しそうな顔して、岩田さんが揚げ蕎麦の上から五目餡を掛けはりました。

岩田さんの言わはるように、お蕎麦も揚げ立てやったら、ジューって音立てたんや思います。それでも白い湯気が上がって、かすかにチリチリという音が聞こえて臨場感は充分あります。

これはやっぱり食べる直前に餡を掛けんと、お味が半減しますやろ。

食べた感じは中華料理の五目餡かけソバによう似てます。餡の具は海老《えび》と貝柱、鶏肉、三つ葉です。天盛りにした木の芽がええ香りで、おいしい仕上がってます。

岩田さんが言うてはったように、餡の味が素晴らしおす。中華料理みたいなくどさがのうて、澄んだ味の餡が新鮮です。食べたことがあるようやけど、やっぱり初めて食べる味やなぁと、岩田さんの底力に感心します。

「二品目は大原うどんと名付けました。洛北大原《らくほくおおはら》の名産である柴漬《しばづ》けの漬け汁を小麦粉に練り込んで麺状にしました。刻んだ大葉《おおば》をたっぷりまぶして、つゆに浸《つ》けて召しあがってください」

萩原とおんなじように、製麺機を使うて創作しはったんやけど、見た目の鮮やかさは岩田さんに軍配があがります。コシもあって薄味のつゆによう合います。お味のほうも岩田さんのほうに軍配をあげとうなります。

わたしの胸のうちは、すんなり決まりました。大差ていうほどではないものの、岩田さんの勝ちにしたいと思います。

とは言うものの、それはあくまで、わたしだけのことで、どっちが勝ってもおかしいない料理です。

最初に宜さんから麺料理対決て聞いたときは、なんとのうボヤけた料理になるのと違うかしらん、て案じてたんですけど、どの料理もお店で出しても人気を呼ぶような立派なもんです。

ふたりとも創作料理なんやけど、枠を超えてへん、て言うか、日本料理の基本をギリギリ崩さんと作ってるとこが素晴らしい思います。

岩田さんがうちの板場に来てくれはって、ほんまによかった。萩原にも大きい刺激になって、成長してくれたと感じてます。

しばらくは今のまま、岩田さんに板長をしといてもろて、萩原がその背中を追いかける、ていうのがわたしの理想です。

そう言うてても、勝負に勝ったほうが板長になるんやさかい、ふたりの実力次第になるんですけど。

「今回は、て言うか今回もええ勝負になりましたな。どっちに軍配をあげたらええか、と迷うとる行司《ぎょうじ》の気持ちがよう分かる」

僧休さんは腕組みをして苦笑いしてはります。

「そうでしょうか。ぼくには勝ち負けがはっきりした対決だったように見えましたが」

たいてい秋山さんは、僧休さんとは違う意見を言わはります。関東のお方との違いですやろかね。

「わたしも僧休さんとおなじです。これまでで一番迷ってます。どっちも勝ちにしたいところですね」

篠原さんは、どっちかて言うたら僧休派です。好《この》みが似てるんでしょうね。それと篠原さんは、クルーズの料理に応用できるかどうか、で点数を付けてはるような気がします。

「こういう言い方をしていいかどうか、ちょっと迷うけど、対決らしい対決になってきたな、って。最初のころは、岩田さんと萩原が、どんな路線で行くのか、おおよそ見えていたんだけど、今は予測不可能だよ。岩田流とか萩原流とかではなく、しいて言えば糺ノ森流ってところかな。今日は特にそんな感じがする」

旬さんの感想て言うか講評は、ものすご的を射てる思います。

「そうですな。これ、どっちの料理やったかいなぁ、て分からんようになるほどですわ。大原うどんなんか、萩原がやりそうな料理やし、逆に鱧のそうめんのほうは、岩田はんが作らはりそうな料理ですがな。甲乙《こうおつ》つけがたい、っちゅうのはこういうことですやろ」

宜さんも採点に悩んではるみたいです。

そんな白熱してる空気のなかで、悦子さんだけは浮かぬ顔してます。どの料理を食べても表情を変えへんし、好みと違うんやろか。

宜さんが悦子さんの顔見て、感想を促してるんですけど、それにも気づいてへんみたいです。心ここにあらず、ていう感じなんはなんでやろ。いっつも活発なひとだけに、どっか身体《からだ》でも悪いんやろか、て心配になります。

今から思うたら、この対決が始まる前と後では、悦子さんの表情がぜんぜん違うんです。保健所からの電話を取り次いでくれたときは、いつものように元気はつらつやったのに、この会場に入ってきたときは、顔色もようないし、覇気がないように見受けられました。まぁ、人間誰しも体調の変化はあるもんやし、とあんまり気に留めへんかったんですけど、今こうして見たら、顔も青ざめてるし、今にも倒れそうなふうに見えます。

そうこうしてるうちに審査発表の時間になりました。いつもながら緊張する瞬間です。

わたしの予想どおり僧休さんと宜さんは萩原、秋山さんは岩田さんの勝ちとしはりました。旬さんは萩原の勝ち、わたしは岩田さんの勝ちとしたんですけど、篠原さんはまだ迷うてはりますし、悦子さんも決めかねてるようです。

さんざん迷うたあげく、篠原さんは岩田さんに軍配をあげはったんで、残る悦子さん次第となりました。

悦子さんはうつむいたまま、身じろぎもせんと口を閉じてます。

「悦子さん。悦子さん。どないかしはりましたか？」

宜さんが心配そうに悦子さんの顔を覗きこんでます。

「……」

悦子さんは顔を上げることもなく、なにか言いかけようとしてるみたいやけど、声が出えへんみたいです。

沈黙が続くなか、みんなの視線が悦子さんに集まってます。お医者さんへ連れていったほうがええやろと思うて立ちあがりかけた瞬間、悦子さんが重い口を開きました。

いったいなにがあったんやろ。青ざめた顔を見ると、やっぱり体調が悪いみたいです。

「すんません。こんなときに言うことやないんですけど、うちは審査する資格がありまへん。どころかこのお店に居《お》ることもできません。もっと早《はよ》うに決断すべきやったんですけど、お店を辞めさせてもらいます」

悦子さんが思いもかけんことを言いだしました。

「なにを突然言いだすんや。ここは悦子さんの進退をどうやこうや言う場やない」

わたしの気持ちを宜さんが代弁してくれました。

「ほんまです。そんなことは審査が終わってからにしなはれな。内輪話とは関係ない外部の方もおられるんやさかい」

思わずきつい調子で言うてしまいました。

僧休さん、秋山さん、篠原さんのお三方とも困惑した顔を見合わせてはります。

なんでこんな場でそんな話を悦子さんがし始めたんか、理解に苦しみます。

「なにがあったのか知らないけど、その話はあとで聞くから、今は審査員としての役割を果たしてくれないか」

旬さんの口調は穏やかやけど、視線には厳しさが込められています。やっぱりこういうときに頼りになるのは旬さんです。

「たしかに八代目のおっしゃるとおりやと思います。ほんまはこんな場で、内輪話をするべきやないのは、重々承知してます。だいぶ迷いましたけど、この場をお借りして言うたほうがええと決心したんです」

悦子さんは涙声になってます。ここまで言うんやったら、しょうがありません。ここで尻切れトンボになったら、かえってお三方にも不信感を持たれてしまうやろし。このまま続けさすしかないやろと思うて、旬さんのほうを見たら、諦め顔でうなずかはりました。

「分かりました。そこまで言うんやったら、お話しなさい。お三方にはご迷惑をお掛けして申しわけありませんなぁ」

お三方に頭を下げました。

「ありがとうございます。勝手なこと言うてほんまに申しわけありません。お店の内々の話ですけど、三人の審査員の方々のお耳にも、いずれは入るやろうと思うて、ここでお話ししといたほうがええと思いました。話ていうのは、この板場で起こった事件のことです」

いったい悦子さんがなにを言うのかと思うたら、どうもあのネズミ事件のことみたいです。なんであの話をわざわざ持ち出すんやろ。頭が混乱してしもて、言葉もありません。

「板場で起こった事件？　なんのこっちゃ」

僧休さんが言わはるのも、もっともなことです。突然板場の事件て言われても、外部の方はまったくご存じゃないんですさかい。

篠原さんも秋山さんも、ポカンと口を開けたまま、茫然《ぼうぜん》としてはります。

「わたしらには、なんのことかさっぱり分からないのですが、どんな事件が起こったのかご説明いただけますか？」

篠原さんが訊ねはったんで、お答えするしかありません。恥《はじ》をしのんで、ことの顛末《てんまつ》をかいつまんでお話しすることにしました。

突然保健所の方が訪ねて来はって、板場にネズミの死骸が転がってる写真を見せられたこと。板場の衛生管理が行き届いてないと暗に言われたこと。保健所の方々に調理場をお見せしたけど、特に問題はなかったこと。岩田さんと萩原をはじめ、スタッフ全員に聞き合わせをした結果、誰も思い当たることがなかったという話。そして保健所からの連絡で、どうやらそれが加工した写真やったらしかったていうことを、順を追うて話しました。

「というわけで、いまだになにがどうやったんか、よう分からへんのですけど、そんなことがありました。それと悦子さんがどう関わってるのか、なんにも知らされてません。ここから先は、わたしらも初めて聞くことです」

そう言うて、悦子さんに水を向けんとしょうがありません。

「女将さん、ほんまにすんません。勝手なことで、たいせつな料理対決の場まで、台無しにしてしもうて」

仲居頭として『糺ノ森山荘』にはなくてはならん存在の悦子さんは、よう気のまわるひとで、場の空気をいち早く読むことに長《た》けてます。その悦子さんが泣きながら言おうとしてるんやから、よっぽどだいじなことなんやと思います。あのネズミ事件と悦子さんが、どうつながるのか、まったく予想もつきませんでしたんで、このあとの展開にはただただ驚くばかりでした。

ひとしきりハンカチでまぶたを拭い、息を整えてから悦子さんが口を開きました。

「お店の名誉を傷つけてしもうて、迷惑を掛けたんは息子の翔《しょう》です。なにを思うてあんな写真を保健所に送りつけたんか。監督不行き届きで申しわけありません」

悦子さんは机におでこを付けて謝ってます。

嘘やろ。思わず声を上げてしまいました。なんべんか会《お》うたことありますけど、素直で快活で、とってもええ男の子です。ちゃんと挨拶もできるし、母親思いやし。あの翔くんがあんな写真を保健所に送りつけるやなんて、ぜったい信じられません。

「なにかの間違いですやろ。あの翔くんがそんなことを……」

翔くんの顔が浮かんできて、泣きそうになりました。

悦子さんの言《ゆ》うてはることがほんまやとしたら、なんで翔くんがそんなことを。たしか中一やったと思うけど、素直なええ子やという印象しかありません。

「本人がそう言ったのかい？」

旬さんも信じられへんのやと思います。

悦子さんは無言でなんべんもうなずいてます。

あいにくわたしら夫婦には子どもがないので、中学一年の子どもがどんな心理状態になって、どんな行動をするのか、想像すらつかへんのですけど、きっと複雑なんですやろね。多感な年ごろて言いますし。

宜さんは腕組みしたまま、険しい顔つきで首をかしげてます。

お三方もむずかしい顔をして、ときどきため息を吐《つ》いたりしてはります。

こういうのを重苦しい空気て言うんですやろね。天井からなにかに押さえつけられるような気がします。

僧休さんが口を開かはりました。

「坊やは寂しかったんでしょうな。きっと仲居頭さんは、毎日忙しいしてたさかい、息子さんをかまってやる時間が少なかった。息子さんはこの店に母親をとられたように思ったのでしょう。店が営業停止にでもなれば、そのあいだは母親と一緒にいられる。そう思ったんやろうと思います。わしの勝手な推測ですが」

僧休さんの言葉を聞いて、場がしーんと静まり返りました。

そう言われてみたら、そうやったかもしれません。わたしも反省せんなりません。

悦子さんがシングルマザーやていうことは、よう分かってたんですけど、お店が忙しいとついつい忘れがちになって、休日出勤してもらうことも、少なくありませんでした。もうちょっと気を遣《つこ》うたげんとあかんかった。ほんまにそう思うてます。

「父親も兄弟もいませんし、翔はいつもひとりで留守番してました。小学生のときは母と同居してたんで、孫の面倒をみてくれてたんですけど、今年に入ってから急に認知症が進んで、しかたなく介護施設に入れました。翔はおばあちゃん子なんで、きっと寂しい思いをしてたんやと思います。ただ、いっぺんも不満を言《ゆ》うたこともないし、寂しがってる様子もなかったんで。たったひとりの子どもの気持ちも読めへんかったわたしは母親失格です。そしてお店にひどい迷惑を掛けたわたしは仲居としても失格です」

悦子さんの目から大粒の涙が流れました。

ちゃんと気配りできてなかったわたしも、女将失格やなと思いました。

従業員は店の宝もんや。ていねいに磨いたら磨くほど輝いてくれる。父がよう言うてたことが今になって胸に刺さります。

「こう言っちゃなんだけど、うまく加工したね。翔くんはパソコンが得意なんだ」

旬さんがスマートフォンの画像を拡大しはりました。

「先代、こんなときに不謹慎《ふきんしん》でっせ」

宜さんが諫《いさ》めました。

「そうかなぁ。翔くんをかばうわけじゃないけど、これが加工された写真だってことは、ちゃんと調べれば分かるはずだよ。決して褒められたことではないし、しっかり反省して欲しいと思うよ。でも結果的には実害もなかったんだし、こういう技術を生かすことで、新たな道が開けるんじゃないかな」

旬さんの言わはるとおりです。ええおとなが簡単に騙《だま》されてしもたらあきまへんな。

「八代目の言うのももっともなことや。結果としてはなんにも起こらんかったんやから、仲居頭さんが辞める必要はないですやろ」

僧休さんの意見に賛成です。

「部外者が余計なことを言うようですが、その翔くんを、わたしどもでこちらのお店に招待させていただけませんか。お母さんがどんなお店で、どういう仕事をしているか、目の当《ま》たりにすれば、きっと翔くんは誇りに思うでしょうし、お母さんを心の底から応援されると思います」

篠原さんはええことを言うてくれはります。

「その話、わしも乗りますわ。篠原はん、割り勘にしまひょ」

僧休さんの言葉で一気に場が和みました。

「寛大なお言葉をいただいて、ほんまにありがとうございます。ご判断は女将さん、いや九代目におまかせします。もしも続けさせていただけるんやったら、和泉悦子、粉骨砕身《ふんこつさいしん》、これまで以上にお店のために働かせてもらいます。けど、今日の審査だけは棄権させてください。こんだけの迷惑を掛けといて、料理の勝ち負けを判断するてなことはできません」

悦子さんは泣きはらした目をハンカチで押さえてます。

まぁ、そのへんがええ落としどころですやろね。

料理対決の審査結果は、悦子さんが棄権しはったことで引き分けに終わりました。ふだんは引き分けやと、なんやモヤモヤが残るんですけど、今回はこれでよかったように思います。

わたしも女将業て言うか、九代目主人として、まだまだひよこやてよう分かりました。

お客さんのほうに気を取られ過ぎて、従業員のことをおもんぱからんかったら、お店は成り立ちません。

料理人だけやのうて、仲居や番頭、すべてのスタッフの力があって、初めてお店が続けられるんやて、あらためて気づくことができました。

雨降って地固まる、てこういうことなんですね。雨も必要なんや。うっとうしがってばっかりいたらあかん。そう思うたら、路地の水たまりもキラキラ光って見えます。

# 第四話

# 寿司対決

1

やっと梅雨が明けたと思うたら、いきなりの猛暑です。

ここ何年かの傾向ですけど、ちょうどええ気候いうのがありません。寒いか暑いか、極端です。暖房か冷房か、どっちかを使わんならん日が多くなるいっぽうで、光熱費が毎年上がっていきます。

ようやくコロナの規制がなくなったせいか、今年は早いうちから夏のご予約をいただいてます。

今年は四年ぶりに葵祭《あおいまつり》の祭礼もありましたし、祇園祭《ぎおんまつり》の山鉾巡行《やまほこじゅんこう》をはじめ、神事や行事は例年どおり行われるようです。

みなさん、待ってました、とばかりに京都旅を計画なさってるんや思います。七月の初旬からお盆くらいまでは、満席になってる日もそこそこあって、九代目主人としては、ホッと胸を撫《な》でおろしています。

振り返ってみたら、旬《しゅん》さんから引き継いでわたしが主人になってから、ほとんどのあいだ、コロナ禍のせいでまともに営業できひん日がほとんどでした。当然のことながら、売り上げも落ち込みましたけど、コロナ禍のせいにできたとも言えます。今年はそんな言い訳ができません。いよいよ九代目の真価が問われることになって、身が引き締まる思いです。

今日も朝から強い日差しが照り付けて、ちょっと歩いただけで、襦袢《じゅばん》が汗ばんできます。

「おはようさんです。今日も暑いですなぁ」

竹箒《たけぼうき》で店の玄関先を掃いている宜《のり》さんが、まぶしそうに夏空を見上げてます。

「おはようさん。暑いなかご苦労さんやな。今日もよろしゅう頼みますえ」

「今日は特にだいじなお客さんが来はりますし、いつも以上に気張りまっせ」

宜さんが力こぶを作りました。

「特にだいじな、てどなたさんのことです？」

お客さんに上下はありませんけど、正直なとこ、ＶＩＰ待遇せんならんお方もときどきあります。そんなときはいつも以上に緊張するのに、今日は思い当たりなのお方がお見えになりません。

「忘れたらあきまへんがな。篠原《しのはら》さんがご招待してはる、あのお方がお見えにならりまっせ」

「うっかりしてました。ほんまや。だいじなお客さんのことを忘れるとこやった」

苦笑いするしかありません。

悦子《えつこ》さんの長男、翔《しょう》くんが篠原さんの招待を受けて、お昼の懐石料理を食べにくることは、もちろん覚えてますけど、ＶＩＰやという発想はありませんでした。

宜さんが大番頭として、長いことうちの店を支えてくれてるのは、こういうことなんやなぁと感じ入りました。

どのお客さんもすべてだいじやていうのは大原則なんですけど、そのなかでも特に気を遣わんならんお客さんがおられます。それは地位やとか影響力がどうやとか、そんなことやない。ぜったいに失敗は許されへん、ていうか、なにがどうあっても、喜んでもらわんならんお客さんや。あらためてそれを宜さんが気づかせてくれました。

「お子さん用のメニューもお弁当もある、て言うたんですけど、せっかくの機会やから懐石コースが食べたいて本人が言うもんやさかい、座敷で懐石料理を食べてもらうことにしました。篠原さんにそう伝えたら、嬉しそうな声で賛同してくれはりました」

「それでええと思います。篠原さんが言うてはったとおり、うちの店のいつもの様子を翔くんに見てもらうのが一番やし、どうせなら料理も最高のもんをしっかり味おうてもらいたいし」

職場見学ていうとこですやろか。自分の母親が働いてる店はどんなとこで、どんな料理を出して、母親はどんな仕事をしているのか。それにはお客さんになって体験するのがええ、そう篠原さんが提案してくれはったのは、ほんまにありがたいことやと思うてます。

それだけに失敗は許されません。なんや、こんな店で仕事してるんか、こんな料理か、て思われへんようにせんと。

翔くんに会うのは何年ぶりやろ。おばあちゃんに連れられて、悦子さんに忘れもんを届けに来たとき以来やさかい、三年ぶりかしらん。この年ごろの三年間て言うたら、ものすご成長する思います。愉《たの》しみなような、怖いようなです。

約束の十一時半まで、まだ一時間あります。そのあいだに『泉川食堂《いずみかわ》』のほうもチェックしとかんと。そう思うて店に向かうてると、背中から呼び止められました。

「女将《おかみ》さん、こんにちは」

聞き覚えのある声は、料理対決の審査員をしてくれてはる秋山《あきやま》さんです。

「おはようございます。いつもお世話になってます。ご予約いただいてたんですか。えらい失礼なことですんません」

連絡ミスやろか。よりによって秋山さんみたいな影響力の大きいひとの予約を忘れるやなんて。

「いえいえ、お話を伺いたくて突然お邪魔したこちらこそ、失礼なことで」

ホッとしました。そやろなぁ、秋山さんがお越しになるときは絶対連絡が入るはずやし、わたしもチェックしてます。お話てなんやろ。そっちが気になり始めました。

「お忙しいでしょうから、手短にお訊ねします。『糺《ただす》ノ森山荘《もりさんそう》』の対岸にホワイトカスケードグループのホテルができますよね」

「へえ、そうらしおすな。先日この近隣の住民への説明会があって行ってきましたけど、型どおりの説明しかのうて、よう分かりませんでした。うちからの景色が台無しになったらかなんなぁ、と思うてるんですけど」

「そうですか。ほんとうにそれだけですか？」

そう訊いてきはった秋山さんは、なにを疑うてはるんやろ。

「それだけですえ。こっちからお訊ねしますけど、ほかになんぞあるんですか？」

「女将さんも水くさいなぁ。昨日今日の付き合いじゃないんだし、ぼくにまで隠さなくてもいいじゃないですか」

秋山さんがニヤついてはる理由がさっぱり分かりません。

「隠すて、なにを隠すんです？　おっしゃってることがよう分からへんのですけど」

ちょっとイラついてしまいました。

「あちらのホテルに出店されると聞きましたよ。こちらのお店はどうされるのか、気になりましてね。まさかあちらに移転してしまう、なんてことはないでしょうね」

寝耳に水ていうのは、こういうことを言うんでしたかいな。とんでもない話を切りださはりました。

「とんでもありません。どなたがそんなデマを飛ばしてはるのか知りませんけど、まったくのデタラメですし、そもそも先方からもそんな話は来ておりませんん」

きっぱりと言い切ったんですけど、秋山さんはまだ半信半疑なようで、何度も首をかしげてはります。

「情報解禁になるまでは、ぜったい他言してはいけない、という契約でもあるのですか？」

「契約もなにも、そんな話すらないて言うてるやないですか。料理対決の審査でも秋山さんにはお世話になってるんですから、もしもそんな話が来てたとしたら、包み隠さんとお話ししてますて」

どう言うたら分かってくれはるんやろ。ほんまにもどかしおす。

「たしかな情報筋から聞いた話なので、間違いじゃないと思うんだけど、女将さんがそこまでおっしゃるのなら仕方ないですね。お話しなさる気持ちになったらご連絡ください。飛んできますから」

秋山さんはわたしの言うことを、ぜんぜん信じてはらへんみたいです。

「ほんまに粘り強いお方なんですね。けど、なんでそこまでうちのことを？」

「ドキュメンタリーを作りたいんですよ。京都の老舗《しにせ》料亭が、なぜホテルのテナントに移るのか。そのプロセスを追うことによって、和食の将来像が見えてくるんじゃないかと思いましてね。いわゆる密着取材ていうやつをやらせてもらえないかと。テレビ局のプロデューサーに親しいやつが居ますし、声を掛ければ乗ってくる出版社もいくつもありますから」

なるほど、そういうことやったんか。秋山さんがしつこう食いついてきはる理由が分かりました。仕事に結びつけたいと思うて必死なんですわ。

食関係の仕事してはるひとにとって、お店にどこまで食い込めるかが生命線やそうです。いち早くお店情報をつかまんならんし、そのためにはお店と親しいならんとあきませんやん。その行き着く先はコンサル業ですけど、うちは一切そういうことを断ってますさかい、移転情報みたいな話をネタにして、仕事に結びつけようとしてはるんや思います。

「もしもほんまに移転するんやったら、言《ゆ》うてはるようなお仕事を、秋山さんにしてもろてもよろしおすけど、今はほんまになんにもないんですさかい」

きついめに念を押したら、苦笑いしながら秋山さんは帰って行かはりました。そのことのためだけにお越しになったみたいで、わたしも苦笑いしてしまいました。

秋山さんが言うてはった、たしかな情報筋、てどなたのことやろ。京都のひとなんやろか。根も葉もない話を秋山さんにしはったそのひとの目的は何なんかが気になります。

なんで、まったくの作り話をしはったんやろ。

「浮かぬ顔をしてどうしたんだい？」

旬さんがすぐ後ろを歩いてきはったことにも気づかへんぐらい、考えていました。

秋山さんから聞いた話のあらましを伝えると、旬さんはすぐに言葉を返してくれはりました。

「大まかに言って三つの筋書きが考えられるね。ひとつは秋山さんが探りを入れてこられたという話。ふたつは京都のどこかの料亭が、秋山さんを通じて探ってきたという話。三つはホテル側が、うちにその気があるかどうかを探ろうと、秋山さんに依頼した。もしも三つ目だとすると、近々ホテル側から言ってくるだろうね」

さすが旬さん。すぐさま論理的に考察しはりました。

「可能性としては、どれが一番高い思わはります？」

「ふたつ目じゃないかな」

旬さんがきっぱりと言いきらはったことに、ちょっと驚きました。

「根拠はあるんですか？」

「あるわけないだろうよ。ただの勘さ」

笑い声をあげて、カメラを首からさげた旬さんが駐車場に向かっていかはりました。

ほんまにおもしろいひとやなぁと思います。

ものすごい論理的やなと感心してたら、突然情緒的になってしもうて、けむに巻いて去っていく。いつもこんな感じです。

旬さんは根拠はないて言うてはったけど、どこかの料亭が探りを入れてはるとしたら、どこのお店やろう。そして、なんのためやろう。分からんことだらけです。

そうこう言うてるうちに、翔くんがやってくる時間になりました。ネズミ騒動のことは触れんほうがええかなとも思いますけど、素通りするわけにもいかへんし。こういうの、ちょっと苦手です。

2

わたしらのころは、中学校の制服て言うたら、男子は詰襟《つめえり》やったんですけど、今はブレザーもあるんですね。翔くんは紺のブレザーにグレーのスラックスという、学生服でお店にやってきました。

「こんにちは。和泉翔《いずみ》です。先日はとんでもないことをして、申しわけありませんでした」

翔くんは米つきバッタみたいに、お辞儀を忙《せわ》しのう繰り返してます。

「久しぶりやねぇ翔くん。おばちゃんも言いたいことようけあるけど、千度お母さんから小言言われたやろさかい、黙っとくわな。あんなこと二度としたらあかんえ」

「はい。ぜ、ぜったいしません。すんませんでした」

またロボットのような動きで、頭を下げたおしてます。

「さ、気を取りなおして、今日はゆっくりご飯を愉しんでね」

ポンと肩を叩《たた》くと、翔くんはホッとしたように笑顔になりました。

「ほんまにすんませんでした。あんなことをしでかしたのに、こないしてお招きいただくやなんて。穴があったら入りたいですわ」

悦子さんは額に汗をにじませてます。

「礼を言うんやったら、篠原さんにでっせ。それはさておき、今日は親子やていうことを忘れて、悦子さんはだいじなお客さんをもてなすことに専念してくださいや」

「はい。承知しとります」

悦子さんは帯の上から胸のあたりをたたいて、こくんとうなずきました。

「和泉さん、お席は二階になってますので、こちらへどうぞ」

階段へ案内すると、翔くんは緊張した顔つきで後ろについてきました。

うちのお店の一階はテーブル席ですけど、二階は個室のお座敷になってます。

翔くんの席は〈桐壺《きりつぼ》〉というお座敷で、高野川《たかのがわ》に面したお部屋です。

「どうぞおあがりやしとおくれやす」

部屋の前で悦子さんが翔くんを招き入れます。

翔くんは一瞬戸惑うたような顔を悦子さんに向けました。

「お履《は》き物をぬいでいただけますか」

ちょっと険しい顔を悦子さんがしてるのは、そんなことも分からへんのかいな、と思うてるさかいですやろ。

靴をぬぐ習慣のない外国のお方みたいやなと、苦笑いしてしまいました。

むかしやったらお膳《ぜん》がぽつんとひとつ置いてあるだけやったんですけど、今はテーブルと椅子を置いてます。一脚だけの椅子は床の間を背にして、窓を向くように配置してあるんですけど、テーブルがいつもより窓に近いとこに置いてあるので、外の景色がよう見えるようになってます。

「ひとりで食べはるのに、外がよう見えたほうがええと思うて」

悦子さんの気配りはさすがです。

最近はおひとりさまが増えてきたんですけど、懐石の場合はけっこうお食事の時間が掛かりますんで、おひとりやと間が持たへんのと違うやろかと、気に掛かりますねん。こうして外の景色が見えると気が紛れてええように思います。

「ふつうに腰かけてもろてええんでっせ」

悦子さんが吹きだしそうになってるのは、翔くんが椅子に正座してるからです。

翔くんは真剣やさかい、笑うたらあかんのですけど、ついつい笑い声をあげてしまいました。

「ごめんなさいねぇ。失礼なことして」

「いえ。なんにもしらないもんで」

あわてて座りなおした翔くんは、恥ずかしそうに真っ赤な顔してます。

「お座敷に上がったら正座せんとあかんよ、て言うたもんやさかい」

悦子さんは泣き笑いして、ハンカチで目頭を押さえてます。

こんな素直なええ子があんなことしたやなんて。よっぽど寂しかったんやろな、て思うたら涙が出そうになりました。

「あとは仲居の悦子さんにまかせますさかい、なんなりと申しつけとぉくれやす」

悦子さんも翔くんも、相当緊張してるみたいなんで、早めにお座敷から下がりました。

うちの懐石料理は二時間近《ちこ》ぅ掛かります。そのあいだふたりがどんな会話を交わして、どないして時間を過ごすのか、ものすご気になりますけど、出しゃばらんようにして引っこみました。

あとでゆっくり悦子さんから聞かせてもらうとして、わたしは宜さんと次の料理対決のテーマを相談することにします。

お昼のお客さんがひととおり店に入らはったころを見はかろうて、宜さんに声を掛けました。

「ごくろうさん。ちょっとお茶しまひょか」

「おおきに九代目、あとおひと組お見えになるはずなんでっけど、ちょっと遅れてはるみたいでっさかい、先にお茶してとぉくれやすか。ご案内したらすぐにお茶室へ行きますんで」

宜さんのこういう律儀なとこ、好きですねん。

あとひと組の方がまだお見えになってないていうことは、予約表をチェックして気づいてたんですけど、初めてのお方やし、遅れるていう連絡も入ってないんで、無断キャンセルかもしれんし、まぁええか、て思うたんです。

「お初の方でっさかい、道に迷うてはるのかもしれまへん。ちょっと神社のほうを見てきますわ」

宜さんは、ことお客さんに関しては頑として性善説を貫いてます。

ドタキャンやら、なんの連絡もなしでお越しにならへんお客さんでも、次にはちゃんと来てもらえるようにせんなりまへん、て言うて愚痴《ぐち》ひとつこぼさんと、悔しそうにするのが宜さんです。見習わんとあかんと思うてるんですけど、まだまだわたしは人間ができてしません。

まだまだ、て言うたらお茶もそうです。

お稽古《けいこ》もしょっちゅうサボってるんやさかい、上達せえへんのも当たり前や思いますけど、お茶を点《た》てる所作《しょさ》のぎこちないこと。内輪以外のひとには見せられたもんやおへん。

風炉《ふろ》は特にあきません。次はどないするんやったかいな、て何度も動きが止まってしまいますねん。宜さんが居いひんでよかったわ。

自服《じふく》やさかいええようなもんの、お客さんにはこんな不細工《ぶさいく》なお茶は出せしません。

それでもお茶を飲むと気持ちが落ち着きます。コーヒーも自分でドリップして淹《い》れるとおいしい思いますけど、点てたお茶はやっぱり特別です。

今ごろ翔くんはどないしてるやろか、とか、秋山さんが持ち込まはった話は、なんやったんやろか、とかいろんなこと考えながらお茶を飲むのは貴重な時間です。

「お待たせしましたな。やっとお見えになりました。お連れさんが間違うて上賀《かみが》茂《も》さんへ行ってはったみたいで、平謝りしてはりました」

息せき切って宜さんが茶室に入ってきました。

「ごくろうさんでした。おかげでお客さんを逃がさんですみました。宜さんが居てはらへんかったら、うちのお店はとうに潰れてます」

「番頭として当然のことをしたまでですがな」

誉めると顔を赤《あこ》ぅして照れるのが、宜さんらしいとこです。

「今日のお菓子は『鍵善良房《かぎぜんよしふさ》』さんの〈祇園まもり〉です」

先にお菓子は用意しときました。

「もう、そんな季節になったんですなぁ。歳とるたんびに一年が早《はよ》ぅなるのは、なんでですのやろな」

求肥《ぎゅうひ》と薄皮の按配《あんばい》がちょうどええお菓子は、調布《ちょうふ》と呼ばれてるもんで、この季節になると京都のお菓子屋さんは、たいてい鮎《あゆ》の形をした調布を店先に並べはりますけど、祇園さんのおひざ元だけあって、鍵善さんとこは『八坂《やさか》神社』の焼印を押した、祇園祭のときだけ作らはる調布です。

「なんとも言えん、ええお味ですな。味に品がありますわ」

お菓子を食べ終えた宜さんの前にお抹茶を出します。

青磁《せいじ》の夏茶碗はいかにも涼し気で、へたな点前《たてまえ》でもごまかせます。

「ちょうだいします」

「どうぞごゆっくり」

型どおりの挨拶を交わして、水指《みずさし》から風炉へと、柄杓《ひしやく》で水を移します。

「ところで、次の料理対決なんやけど、ぼちぼちテーマを決めんなりません。なんぞええ案ありますやろか？」

「これから暑うなると食欲がなくなりまっさかい、あっさりしたもんがよろしいな」

宜さんは音を立ててお茶を飲みきりました。

「たしかにそうやね。おそうめんやとか、ひやむぎやとか」

「この前が麺料理でしたさかいな」

「そうやった。また麺ていうわけにはいきませんわ。もう一服いかがどすか？」

「充分でございます。高麗《こうらい》青磁でっか？」

宜さんが茶碗を拝見してます。

「京焼です。父は夏になると毎朝のようにこれでお茶を点ててました」

「七代目はこういうスキッとした器がお好きでしたな」

宜さんの言うとおり、父はごちゃごちゃした器が大嫌いで、好《この》んで無地の器を使うてました。どっちかて言うたら、陶器《とうき》より磁器が好きで、特に白磁《はくじ》やら青磁の器でお酒を呑《の》むのが何よりの愉しみやったようです。

「ちょうど今ぐらいの時季に、母がちらし寿司を作って、紫陽花《あじさい》の絵柄のお皿で出したら急に不機嫌になったことを思いだしました。暑苦しい、て言《ゆ》うて自分で白磁のお皿を出してきて、盛りなおしてました」

「七代目らしいお話ですな。独特の美意識をお持ちで、徹底してはりましたな。寿司飯もお酢《す》がよう効いたんがお好みで、関西風の甘みが勝《まさ》った寿司飯やと板前を叱りとばしてはりましたなぁ」

宜さんが天井に目を遣《や》って、懐かしそうにしてます。

「そうや。お寿司対決にしたらどうやろ」

「よろしいな。お祭りも近いこっちゃし、鱧《はも》寿司やら鯖《さば》寿司の旨《うま》い季節ですしな」

「そんなん言うてたらお寿司が食べとうなりました。今夜はお寿司屋さん行こうかしらん」

「よろしいな。いつでもお伴《とも》しまっせ。ほな、次回の料理対決のテーマはお寿司っちゅうことで決まりですな」

「そうしましょ。日程を決めて、審査員さんに連絡してもらえますか」

「まずはふたりに伝えんとあきませんな」

「そうやね。ふたりが了解してくれたら、もろもろ段取りしてもらえますやろか」

「かしこまりました。早急に。ごちそうさまでした」

せっかちな宜さんは、そそくさと茶室を出ていきました。

これまで料理対決のテーマにお寿司を選ばへんかったんが不思議です。わたしの大好物やし、懐石でもお弁当でも、たいていひとつやふたつ、お寿司が入ってます。

お客さんもお寿司が苦手やて言う方は、ほとんどおられません。

ふたりがどんなお寿司を作るのか、今から愉しみです。

てなこと言《ゆ》うてるうちに、お昼のお客さんがお帰りになるころになりました。お見送りがてら様子を見に行きますわ。

余韻《よいん》を味おうてもらうために、お客さんのお見送りは店の主人にとって、一番たいせつな仕事や。父は口を酸っぽうして言うてました。

旬さんは先代の主人として、ようやってくれた思いますけど、このことに限っては完全に落第でした。

――なんだか形式だけになってるような気がするんだよなぁ。お見送り儀式っていう感じで、いわばルーティンでしょ？　京都の店は必ずこうしなければいけない、みたいな。お客さんの姿が見えなくなるまで、頭を下げ続けるって、お客さんのほうも気を遣うでしょ。ぼくは要《い》らないと思うな――

そう言うて、お見送りにはめったに姿を見せませんでした。父が生きていたら、どないしたやろ、て背筋が寒ぅなります。

よほどの用事がない限り、父はほとんどすべてのお客さんを、丁重にお見送りしてました。旬さんが言うとおり、お客さんの姿が見えんようになるまで頭を下げ続けてた姿が目に焼き付いてます。

父に訊いたことがあるんです。あの頭下げてるあいだて何を考えてるん？て。

――何も考えとらん。ただただ来てもろておおきに、という気持ちと、また来てくださいや、と願うとるだけや。ちょっと格好つけて言うたら、祈りかな――

真顔で答えてた父が、最後は照れ笑いを浮かべました。

わたしは父のこの言葉を聞いて、もしも主人になるようなことがあったら、欠かさずお見送りしようと心に決めたんです。

たしかに旬さんの言わはるとおり、わざとらしさを感じはるお客さんもおられる思います。頭下げてるとこを、ずっとビデオで撮ってはる方がおられると、複雑な気持ちになりますけど、これからもずっと続けるつもりです。

「ありがとうございました」

暖簾《のれん》をくぐって店の外に出てきたのは翔くんでした。

お店に入ったときのような、緊張した表情はまったくありません。ひょっとしてお酒でも呑んだんと違うやろか、と思うぐらいリラックスした様子です。

「うちのお料理はどないでした？」

「ものすごおいしかったです。おいしいだけと違って、愉しかったです」

「それはよろしおした。お店にとっては一番の誉《ほ》め言葉です。ありがとうございます」

翔くんに頭を下げました。

「お礼を言うのはぼくのほうです。おいしいご飯を食べさせてもらったうえに、ぼくが間違っていたことを教えてもらったのやから」

「間違うてたこと？」

「はい。ぼくは完全に思い違いをしていました」

「どういう意味なんか、よかったら教えてくれるかな」

「お母さんからこのお店のことを聞いてたんですけど、お金持ちのひとが贅沢《ぜいたく》をするためだけのお店やと思ってたんです。高いお魚やとかお肉ばっかりが出てきて、高いお酒を呑んで宴会する。料亭てそういうとこやと思ってたけど、ぜんぜん違った。ごめんなさい」

翔くんがチョコンと頭を下げました。

「なんでそんなふうに思うてたん?」

画像を加工するほどパソコンとかに習熟してる翔くんやったら、きっとお店のホームページも見てるやろし、そしたらそんな店と違うて分かるはずなんですけど。

「友だちが……」

翔くんが目を伏せてうつむきました。

「友だちに言われたらしいんです。おまえのお母さんが働いてる店は、金持ち相手にぼろ儲けしてるとこや。そのお金のおかげで生きてるんやから、おまえも同類や、て」

悦子さんが哀《かな》しそうな顔を翔くんに向けました。

チクチクと胸が痛みました。

実はわたしも子どものころ、学校で友だちからおんなじようなこと言われて、泣いて帰ってきたことがあります。それからなん十年経っても、そういう誤解してるひとが居《お》るんやて、哀しいなりましたけど、それも心しとかんとあかんし、なによりほんまの料亭の姿いうもんを、しっかり発信していかんとあかん。そう心に誓いました。

「うちがこんなこと言うたらあかんのかもしれませんけど、うちの店のホームページて、そういう誤解を生むようなとこがあるように思うんですけど」

悦子さんの言葉は思いがけんもんでした。

父のころは形だけのホームページやったんですけど、旬さんの代になってから大きい会社にお願いして、そこそこお金も掛けて見栄《みば》えのええもんにしてもろてるさかい、なんの疑問も持たんときました。

そう言われてみると、たしかにきれいなホームページに仕上がってるけど、華やかなイメージが強すぎて、誤解を招くかもしれません。

「贅沢とか豪華とかの言葉もやけど、写真とかもいかにも高そうな料理がホームページに並んでるし、友だちに言われたとおりの店なんかと思ってました。せやからお店を懲《こ》らしめたほうがええかと……」

「お母ちゃんがお世話になってるお店を懲らしめる、て、なんちゅうことを」

思わず大声を上げそうになった悦子さんは、店の玄関先やていうことに気づいて、慌てて口を両手でふさぎました。

「ごめんなさい。今はほんまに悪いことしたたて後悔してるんやから」

翔くんは泣きそうになってます。

正直なとこ、ホームページがどんな印象を与えるかて、深《ふこ》ぅ考えたことありませんでした。値段の目安や、どんな料理が出て、どんな部屋で食べられるか、が伝わったらそれでええと思うてました。あとは場所とかアクセスが分かったらええし、ホームページを見て来てもらうためには、料理の見栄えもだいじやし、ある程度の豪華さも必要やと思うてましたから、たしかに文章も写真も背伸びしてたとこがあるかもしれません。

けど、それがこんな結果につながるとは、まったく予想もしてませんでした。

実際のお店とできるだけギャップが生じんようにして、うちの料亭のありのままの姿を伝えるホームページに作り替えんとあきません。

とは言《ゆ》うても、うちのスタッフにそんなことができそうな人材は見当たらへんし、外注するにしても、誰にどう訊ねたらええのか、雲をつかむような話です。

「翔くん、ありがとう。だいじなことに気づかせてもろたわ。うちの店のほんまの姿を見てもらえるようなホームページにするわね」

「あんなひどいことしといたうえに、えらそうなこと言うてすみませんでした」

翔くんが上目遣《うわめづか》いに悦子さんを見ながら、頭を下げました。

「すんだことはもうええし、これからはお母さんにできるだけ協力したげてな。お店のほうも、せいだいお休みを作って、翔くんと一緒に過ごせる時間を作るようにします」

「女将さん、いや九代目、ほんまにありがとうございます。翔があんなことしでかしたんやさかい、クビになってもおかしないのに。これからもお店のために一生懸命尽くさせていただきます」

涙目の悦子さんが、翔くんの頭を押さえつけるようにして、お辞儀してます。

「お客さんの頭を押さえつけたらあきまへんがな」

思わず笑うてしまいました。

そんなこんなで、ぶじに翔くんをお見送りしたことやし、頭を料理対決に切り替えんなりません。

お寿司は大好物やし、よう考えることものう決めてしまいましたけど、それでよかったんやろか、て気になりはじめました。

お寿司はむかしから形が決まったもんです。江戸前の握り寿司、関西の箱寿司やら棒寿司、それからちらし寿司やとか巻き寿司と、決まった形がほとんどです。テレビで観てたら、最近では回転寿司のお店で変わったお寿司もあるみたいですけど、しょせんキワもんですし、料亭で出せるようなお寿司ではありません。

そう考えたら、お寿司で対決が成り立つんやろか、て心配になってきました。考え直したほうがええかもしれません。

「九代目、ふたりとも一発オーケーでした。あとは日程ですけど、外部審査員の方々のご意向を訊いたら、来週の木曜日がええみたいなんで、その日で決めましょか？　さいわいあんまり予約も入ってませんし」

宜さんが報告に来てくれました。

こうなったらあとには引けません。寿司対決でいくしかないです。

「分かりました。来週の木曜日ていうことで段取りします。旬さんもその日は大丈夫や思いますし」

「ふたりがどんな寿司を食わせてくれよるか、今から愉しみですな」

宜さんの言うとおり。特に奇抜《きばつ》なもんやのうて、ふつうのお寿司でええさかい、おいしいもんを食べさせて欲しいもんです。そう思うたら愉しみになってきました。

3

相変わらず暑い日が続いてます。今日は湿気も少のうて、爽《さわ》やかな夏風が吹いてます。絶好のお寿司日和て言うても、ええかもしれません。

なんとのうやけど、雨がざあざあ降ってる日て、お寿司食べたいて思わへんのです。わたしだけですやろか。

さぁ、どんなお寿司をふたりが出してくるんやろ。いろいろ想像してたらよだれが出てきました。品《ひん》のないことですんまへん。

「みなさんお揃いでっせ」

宜さんが呼びに来てくれたんですけど、まだ時間まで三十分近《ちこ》ぅあります。

「えらい早いこと来てくれはったんですな」

急いで支度をせんなりません。

「お祭りが近いさかいに、道が混むやろうと思うてはったみたいですけど、まだ大した混雑やないんで、予想より早《はよ》ぅ着かはったんや思います」

「すぐに行きますさかい、冷たいお茶とおしぼりをお出ししといとぅくれやす」

「かしこまりました。どないです？　対決を少し早めまひょか」

「かまへんけど、ふたりの都合もありますやろ」

「ふたりとも準備万端整うてるさかい、早めてもろても大丈夫やて言うてます」

「分かりました。そのつもりして駆けつけます」

単衣《ひとえ》やのに、おでこのあたりに薄っすらと汗がにじんでます。暑いさかいやのうて、急に時間が早まったことで、冷や汗が出てきたんや思います。

子どものころから、急な変化についていけへん性質ですねん。心の準備ができてへんと、あせってしまいます。

なにごともゆとりを持って当たらんと、気持ちがうまいことまとまりまへん。父もそうでした。似んでもええとこ似るもんなんですなぁ。

「えらいお待たせしてすんません」

料理対決の場になってる板場《いたば》に着いたんは、開始時刻の二十分前です。遅刻したわけやないんですけど、みなさんお揃いやさかい、いちおうお詫《わ》びせんなりません。

「いいえ、わたしらが早く着き過ぎただけで、謝っていただくようなことではありません。急《せ》かしてしまってすみません、と謝るのはこちらのほうです」

篠原さんがやさしい言葉を掛けてくれはりました。

「篠原はんの言わはるとおりや。定刻まではまだ二十分近《ちこ》ぅあるんやさかい、九代目が謝るのは筋違い。早《はよ》ぅ来て急かしたようになってしもたこっちが謝らんならん。悪いのはあの祇園囃子《ばやし》や。コンコンチキチン、コンチキチンっちゅうお囃《はや》子《し》を聞いたら、ついつい気が急いてしもうてな」

僧休《そうきゅう》さんが苦笑いしてはります。

そう言うたらわたしも一緒です。うちから走ってここへ来るまで、ずっとコンコンチキチン、コンチキチンて口ずさんでました。

なんどすんやろなぁ、これ。京都人のＤＮＡに祇園囃子は刷り込まれてるのかもしれません。

僧休さんとそんな話をしてたら、秋山さんはキョトンとした顔つきで首をかしげてはるけど、宜さんも悦子さんもおんなじやと見えて、笑いながらなんべんもうなずいてます。京都で生まれ育ってはらへん旬さんは、苦笑いしてます。

料理対決前の緊張感が、ちょっと和《やわ》らいだみたいです。萩原《はぎわら》は京都の生まれやさかい、心のなかで祇園囃子を歌うてるやろけど、岩田《いわた》さんはどうなんやろ。故郷は千葉のほうやったと思うけど、どんなお祭りがあって、どんなお囃子なんか、まったく見当もつきません。

祇園さんのお祭りの時季が近づくと、どこからともなくお囃子が聞こえてきて、となったらもう耳から離れません。絶え間のう口ずさんで、身体《からだ》が勝手に動いてしまいます。

日本中その土地土地にお祭りがあるさかい、きっとみんなおなじやろうと思います。

旬さんは東北の生まれやけど、どんなお祭りのお囃子を口ずさんではったんやろう。いっぺん訊いてみんとあきません。

「ぼちぼち始めさせてもろてよろしいやろか」

宜さんが立ちあがると、空気が引き締まりました。

萩原は岩田さんと顔を見合わせてから、揃うて一礼しました。さぁ寿司対決のはじまりです。

「寿司となると、京都の料理人より東の料理人のほうが、圧倒的に有利でしょうな。しかも岩田さんは海辺の町で生まれ育っているのだからね」

秋山さんの言わはるとおりかもしれません。なんちゅうても江戸前握りは、お寿司の王さんですし、お魚の扱いにも慣れてはるやろし。

最近でこそ京都に来たら鯖寿司を、とか、夏の鱧寿司も人気やけど、東の江戸前握りに比べたら、バリエーションはあんまりありません。

鯖寿司も鱧寿司も、京都が海から遠いことで工夫されたお寿司です。新鮮さを売りもんにする江戸前握りとは正反対かもしれません。

むかしと違《ちご》うて、今の時代は流通が発達してますさかい、京都でも海辺に負けんような新鮮なお魚が手に入ります。そのせいもあってか、近ごろの京都には、銀座《ぎんざ》顔負けの江戸前握りを出さはるお寿司屋さんが、急に増えてきました。

わたしは行ったことないんですけど、お客さんから聞いた話では、おまかせコースがひとり三万円やとか五万円が当たり前らしいです。それも紹介制やら会員制やらで、ハードル上げてはります。

食べんと言《ゆ》うのもなんですけど、その金額出さはるんやったら、いっぺんうちのお店に来て欲しい思います。

うちゃったらどなたさんでも、予約さえしてもろたらお食事してもらえますし、懐石のお値段も二万円代からご用意してます。て言《ゆ》うて宣伝しとかんと。

ついつい横道に脱線してしまうクセはなかなか直りません。

どんな様子やろて、板場のほうに目を向けたら、当たり前ですけど、萩原も岩田さんも真剣な顔して仕事してはります。

見たとこはあんまり変わったもんはありません。特に岩田さんはいわゆる寿司ネタを並べて、さくから切りつけてはります。やっぱり江戸前の握りですやろか。

萩原のほうはどうやらお肉を使うみたいで、まな板の横にバーナーが置いてあるとこ見たら、炙《あぶ》るんやろ思います。

予想どおり、突飛《とっぴ》なもんは使わへんみたいで、奇抜なアイデアも出てきいひんようです。おもしろみに欠けるやろけど、お寿司がおいしかったら、それでええんです。その上で、これまでに食べたことがないようなもんやったら、もっとうれしいんですけど。

今回でふたりの料理対決は何回目になったんやろ。指折り数えたら九回目のような気がしますけど、頼りない記憶ですから間違《まちご》うてるかもしれません。

いずれにしても、けっこうな回数を重ねてきたことに間違いはありません。そしてその度にふたりとも進化しているように思います。

若い萩原だけと違うて、とうにベテランの域に入ってはる岩田さんも、たえず新しい試みをしてはるし、それがちゃんとお店の料理に反映しているのは、なによりありがたいことです。

初めての対決のころは、緊張が先に立って、余裕はまったくなかったようですが、最近は対決を愉しんでいるような空気さえ感じさせてくれてます。

特に萩原は、この対決の場をブラッシュアップする機会やととらえているふうに見えます。もしそうやとしたら、この料理対決は大成功やと自負してもええでしょう。

ほんまにふたりとも動きに無駄《むだ》がのうて、手際《てぎわ》がええのに驚きます。人間て成長するもんなんですねぇ。

てなことを考えてるうちに、制限時間が近づいてきました。

ふたりのお寿司があらかた見えてきたんですけど、最初に思うたとおり、オーソドックスなもんのようです。

「残り時間はあと五分です」

タイマーを見ながら、宜さんが張りのある声をあげました。

岩田さんは巻き簾《す》を五つほど調理台に広げてはるので、巻き寿司を作らはるんやと思います。

萩原は薄切りにした肉をバーナーで炙ってます。思うてたとおり、炙り肉のお寿司みたいです。

たまには正統派で勝負するのもええと思います。それだけに、お味が決め手になるんですやろけど。

「時間です。手を止めてください」

宜さんが言う前に、ふたりとも仕事を終えてました。いよいよ試食の時間になりました。どんなお寿司を食べられるんやろ、とふたりの手元を覗きこんで、ちょっとびっくりしました。ほかの審査員のひとも意表を突かれたんですやろな。ざわついてます。

「今回は萩原からでよろしいかいな」

宜さんの言葉に、萩原も岩田さんも黙ってうなずきました。

「それではぼくのほうからお出しします。一品目はわんこ肉ちらし、イチボの薄切りを炙って、寿司飯の上に載せてます。大葉《おおば》と木の芽、ミョウガを細こう刻んだんをあいだにはさんでます。わんこ蕎《そ》麦《ば》のようにひと口サイズなんで、箸《はし》休めというか、おしのぎという感じです」

さすが萩原です。お肉のお寿司は大流行《おおはや》りで、どこのお店も山盛りのローストビーフを載せて、いわゆる〈映《ば》え〉を狙《ねろ》うてるみたいですけど、その正反対、上品なお肉のお寿司に仕上げてます。

寿司飯のお酢がよう効いてるさかい、さっぱりといただけるのがよろしい。

「二品目は手まり寿司。見た目にはちっとも可愛《かわい》くないんですけど、食べてもろたらおいしさが分かってもらえる思います」

萩原が苦笑いしながら言うたとおり、黒っぽいご飯の塊《かたまり》が丸まっているだけで、可愛らしいどころか、武骨な感じしかしません。

手まり寿司て言うたら、ひと口サイズでいろんな具が載ってて、愛らしいのが特徴やのに、具もないうえに、黒々とした丸い寿司飯が三つ並んでいるだけで、ちっとも愛想がありません。

ほかの審査員さんもおんなじ思いやと見えて、誰もまだお箸を付けんと、不審そうに眺めてます。

「こらまた変わった寿司やなぁ。おにぎりて言うたほうがええのと違うか」

僧休さんが顔をしかめてはります。

「まぁそう言わんと食べてみてください」

萩原が自信ありげに言うたのを受けて、みんなひとつ手に取って、渋々といったふうな表情で一斉に口に運びました。

「おお」

篠原さんが小さく声を上げはりました。

「そういうことやったんかいな」

にやりと笑《わろ》うて宜さんはうなずいてます。

わたしも思わずにんまりしてしまいました。

酢飯で隠れてましたけど、手まり寿司のなかに具が入ってたんです。ひとつ目はマグロの漬けです。ちょこっとワサビも入ってるみたいで、食べ終えるとつーんと鼻にきました。

ふたつ目の具はイクラでした。

イクラは醬油《しょうゆ》漬《づ》けですけど、ほんのり柚子《ゆず》が香るのはなんやろなぁ。

「もっと酢が効いてるかと思ったが、思ったよりまろやかなんだ」

秋山さんが萩原の料理をほめはるのは珍しいことです。

「お酢は京都の『千鳥酢《ちどりす》』を使うてます。酢飯の色が黒っぽいのは、醬油を混ぜてるからです。醬油なしでそのまま食べてもらおと思うて」

萩原の説明に納得です。

酢飯が黒い色してるのは、てっきり赤酢か黒酢を使うてるさかいやと思うてましたが、それにしては酢が立ってへんし、えらい芳ばしい酢飯やなぁ。その訳が分かりました。

具が見えへんお寿司て、初めて食べました。おにぎりに喩《たと》えはった僧休さんは、このことを知ってはったんやろか。

「ほんまにおにぎりやったんや」

声を上げて笑うてはるとこ見ると、僧休さんも知らんと言《ゆ》うてはったんや。

三つ目の具はウニでした。

味は間違いのうウニやのに、プチプチした歯触りがあります。なんやろ。

「キャビアじゃないですよね？」

篠原さんが萩原に訊かはりました。

「はい。とんぶりの塩漬けです。ウニにキャビアなんて、トゥーマッチでしょ？」

萩原が笑顔で答えました。

「そのとおりです。わたしはウニと牛肉を合わせるのも好きじゃありません。持ち味を殺し合うような気がするんですよね。ウニが主役ですから、脇役としてはとんぶりが適してますね」

篠原さんの言わはるとおりです。最近の流行りやと思うんですけど、ウニと牛肉を合わせた料理をよう見かけます。霜降《しもふ》り和牛と生のウニを一緒に食べたら、そのくどさが後口に残るだけで、ちっともええと思いません。赤身の馬肉とやったらよう合うのに。

いわゆる高級食材の掛け合わせは、萩原が言うようにトゥーマッチになりがちです。篠原さんやないけど、キャビアと違《ちご》うて、とんぶりを使うたんは大正解やと思います。

お肉のお寿司は評価が分かれるやろけど、おにぎりみたいな手まり寿司は、審査員受けはええと思います。

「それではわたしのお寿司を」

萩原に代わって、岩田さんが前に出てきはりました。

巻き簾を使《つこ》うてはったんで、たぶん巻き寿司を出さはるんやろうと思うてましたが、想像どおりでした。

「一品目は細巻きです。ありきたりではありますが、わたしはお寿司のなかで細巻きが一番好きなので、これで勝負することにしました。ほんとうは十数種類出したかったのですが、お腹《なか》が膨《ふく》れてしまうでしょうから、三品にしぼりました。萩原くんのお寿司と違って、こちらは中身がひと目で分かります。マグロと穴子《あなご》と干瓢《かんぴょう》。細巻きの定番中の定番です。お好みで出汁《だし》醬油を少し付けて召しあがってください」

岩田さんはこれまでも、変化球より直球という感じでしたけど、ど真ん中の直球を投げてきはりました。

わたしもですけど、審査員みんな、少なからず困惑してます。たしかに王道を行かはるのは悪いことやないんですけど、かと言うて、こんなありきたりの細巻きをどう評価してええのやら、困ってしまいます。

「ほぉ。食いもんはやっぱり食べてみんと分からんもんや。ありきたりが一周廻ってきよった」

僧休さんが相好《そうごう》を崩してはるのを見て、あわててマグロの細巻き寿司を口に入れました。

得《え》も言われん、てこういうことやろか。こんな深い味わいの細巻きて初めてです。

鉄火巻《てっかまき》はこれまでなんべんも食べてきましたけど、まったく別もんやと思います。ネギなんか見当たらへんのにネギの味がするし、なによりマグロがトロなんか赤身なんか分からへんのも不思議です。

「なにがどないなってるんか、ちょっと説明してもらえますやろか」

悦子さんもわたしとおんなじやと見えて、何度も首をかしげてます。

「大トロと中トロを細かくたたいて、赤身にまぶしてます。薬味《やくみ》としておろしワサビと、さらした九条ネギのジュレを少しひそませました」

岩田さんの説明を聞いて、やっと分かりました。

ふたつ目は穴子巻。これはお醬油なしで口に入れました。

いやはやなんとも。これもまた深い味わいです。穴子は穴子なんやけど複雑な後口が残ります。

やっぱりこれも説明してもらわんと。

「これはどないなってますのん？」

「ご承知のように穴子は焼きと煮、ふた通りありますが、それを一緒に巻きました。薬味としては大葉と粉山椒《こなざんしょう》、煮ツメに混ぜてシャリにぬりつけてあります」

なるほど。ありきたりの細巻きとは違います。

干瓢は四つ切りになってて、さっきのんより少し長めになってます。

「訊かれる前に説明させてもらいます。ふつうですと干瓢は水洗いしてから塩もみし、もういっぺん水洗いしてから熱湯で下茹《したゆ》でするのですが、これはそのあとに柚子の搾り汁にくぐらせています。甘辛く煮るときに鯛《たい》のアラで取った出汁を使うからです。柚子の香りが魚の臭みを取ってくれます」

説明を聞いてから食べると、よりいっそうおいしい感じるような気がします。

干瓢巻てデザートみたいな感覚で食べてましたけど、それとはぜんぜん違うお寿司になってるのが素晴らしいです。鯛かどうかまでは分かりませんでしたけど、お魚のええ出汁が干瓢に染み込んでました。

料理は見た目だけと違う。ええ勉強になりました。

「二品目はちらし寿司です。ご覧いただいたように、江戸前のばらちらしのような豪華さはみじんもありません。家庭でおかあさんが作るような、ふつうのちらし寿司です」

細巻きに続いて、ちらし寿司も見たとこ、ありきたりのもんにしか見えません。けど岩田さんのことやさかい、なんか仕掛けがあるんやろうと思います。錦糸卵《きんしたまご》の下は、椎茸《しいたけ》と高野豆腐《こうやどうふ》を煮付けて刻んだもんを混ぜ込んだ酢飯で、にんじんと紅白かまぼこも入ってます。おじゃこが入ってるとこなんか、母がよう作ってくれたちらし寿司にそっくりです。

うちはお商売をしてるさかい、運動会とか学芸会とか、親が観に来てくれることはいっぺんもありませんでした。もちろん寂しい思いをしましたけど、忙しい合間を縫《ぬ》うて、母が一生懸命作ってくれたちらし寿司はほんまにおいしかったです。あんまりおいし過ぎて、涙が出たこともあって、そんなとき友だちは、親が来てくれへんから寂しいて泣いてるんやと勘違いしてなぐさめてくれました。ちらし寿司がおいしいから泣いてるやなんて、きっと説明しても分かってもらえへんやろから、話を合わしときましたけど、生まれもっての料理屋の子なんやなぁと、しみじみ思うた記憶があります。

あのときのちらし寿司そっくりなんです。

三口ほど食べて、じっくり味おぅてると、ふいに涙が出てきました。

え？　なんで？　なんで涙が出てくるんやろ。理由が分かりません。母のことを思いだしたから？　そうではないような気がします。子どものころが懐かしいから、でもないと思います。

ふと見ると悦子さんも目を潤ませてます。

自分だけと違うたんや。けど、不思議です。なんでちらし寿司食べて涙が出るのか。

「これは反則やなぁ」

僧休さんがぽつりとつぶやかはりました。

「え？」

岩田さんが小さく声を上げはりました。

「ルール違反ではないと思いますが」

秋山さんが怪訝そうな顔を僧休さんに向けてはります。

「そういうことを言うてるんやない。こんな手を使うたらどんな料理を出しても太刀《たち》打ちできんということを言うてますんや」

「よく分からんのですが」

秋山さんが首をひねってはります。

「東の方はピンとこんかも分かりまへんけど、わしらのような京都で生まれ育ったもんにとって、このばら寿司には格別の思いがありますんや。分かりやすう言うたら、おふくろの味ですわ。家庭のなかでのハレの料理。けっして料亭で出てくるもんやない。まさかこんなもんが出てくるとは思うとらなんだ。不意を突かれてしもうて、ここにど～んと響いとるんですわ」

言いながら僧休さんの目にも薄っすらと涙がにじんでます。

不意を突かれた。まさにそのとおりやと思います。

まさか料亭の料理対決でこんなんが出てくると思うてへんかったんで、涙が出てしもうたんです。

――やれ料亭や、割烹《かっぽう》やて言うても、元をたどったらおふくろの味。どんなプロの料理でも根っこにあるのは家庭料理やていうことは、心の片隅に置いとかんとあかん――

父はよう言うてました。

――希少な食材を使うて、どんな技巧を尽くして作った料理でも、心への響き方で比べたら家庭料理に勝てるわけがないんや――

そんな言葉も思いだしました。

これまで続けてきた料理対決は、まさにプロとプロのぶつかり合いでしたさかい、家庭料理の代表みたいなもんが出てくるとは思うてなかったんです。

舌やなしに、心に訴えかけてくる料理。それが涙になったんやと思います。

困りました。どう採点してええもんやら。僧休さんが反則やて言わはった意味がよう分かります。

萩原のおにぎりみたいな手まり寿司は斬新なアイデアで、なおかつおいしかったし、岩田さんの細巻きもさすがプロていうか、料亭ならではのお寿司やったんで、この二品の勝負になるんやろ思います。

あとのわんこ肉ちらしと、ばら寿司ていうか、家庭の味のちらし寿司は、どっちも番外編ていう感じですやろ。

「ほな、ぼちぼち結果を出してもらいまひょか」

宜さんがみんなを見まわしてます。

「今回も悩ましおしたなぁ」

悦子さんが言うとおり、どっちが勝ってもおかしない対決でした。

秋山さんが萩原の勝ちとしはったんには驚きました。篠原さんと旬さんも萩原の勝ちで、僧休さんと悦子さん、宜さんとわたしが岩田さんの勝ちとしたんで、岩田さんの勝利に終わりました。

これで今年は岩田さんの二勝一敗一分けとなって、次の対決で岩田さんが負けはっても、年間を通しての負けはなくなったことになります。

次に岩田さんが勝たはったら、問題のう来年も板長を続けてもらうことになりますけど、引き分けやったらどうするか、そこも決めとかんなりません。

今回の料理対決ではいろんなことを考えさせられました。おかしな言い方になるかもしれませんけど、勝ち負けよりもっとだいじなことがある。ふたりの料理はそんなことを気づかせてくれました。

さぁ次の対決ではどんな料理を食べさせてくれるんか、ほんまに愉しみです。と、思いを馳せてると、びっくりするような話が飛び込んできました。

三柱の鳥居のことをすっかり忘れてましたが、そういうことやったんや、て分かりました。やっぱり『木嶋《このしま》神社』さんは、うちの店の守り神なんです。

第五話

# 海老料理対決

1

光陰《こういん》矢の如《ごと》して言いますけど、歳をとるごとに実感が増します。

こないだお花見してたと思うたら、もう紅葉狩《もみじがり》の季節や言うんですから、一年なんてあっという間に過ぎていきます。てなこと、しょっちゅう言うてるような気がします。

おんなじことを何度も言うのは、歳とったせいなんですやろかね。

今年の料理対決も四回が済んで、あと一回で終わりです。これから一年で一番忙しい秋の行楽シーズンに突入しますし、それが終わったら、忘年会やらなんやらと気ぜわしい時季になりますさかい、そろそろ五回目の料理対決を準備せんなりません。

そうそう、だいじなお話をするのを忘れてました。

四回目の料理対決が岩田《いわた》さんの勝利で終わった、その次の日のことでした。

「九代目、すんませんけど、ちょっとだけ時間取ってもらえますやろか？」

お昼の営業が終わってひと休みしたころ、悦子《えつこ》さんが真剣な顔して訊いてきました。

「あらたまってなんですの？」

「こないだのお礼かたがた、九代目に話したいことがあるて翔《しょう》が言《ゆ》うてるんですけど」

「わざわざ礼を言《ゆ》うてもらうやなんて、うれしいことやけど、礼を言うなら篠原《しのはら》さんにですえ」

「はい。きっと篠原さんはお忙しいしてはるやろと思うて、お礼の手紙を書いて送ったて言《ゆ》うてました」

「そうか。ちゃんとしてくれたんや。うちはいつでもよろしいえ。来てもろてください」

「それがもう店に来てまして」

悦子さんが上目遣《うわめづか》いに視線を向けてきました。

「それを先に言《ゆ》うてえな。翔くんはどこで待ってるん？」

「玄関先で待たせてもろてます」

「ほなすぐに行きましょ」

悦子さんと一緒に急いで玄関に向かいました。

直立不動ていう感じで待ってた翔くんは、リュックを背負って立ってます。

「翔くん、おまたせ。わざわざお礼言いに来てくれたんやて？」

「はい。先日はありがとうございました。とってもおいしかったです」

深々と腰を折って頭を下げてくれました。

「篠原さんにもお礼状出してくれたんやてなぁ。ありがとう」

「とんでもない。当然のことをしたまでで、お礼を言ってもらうような話と違います」

翔くんがかぶりを振りました。

「いやいや、なかなかできひんことや思います。篠原さんもきっと喜んではるでしょう」

「はい。すぐにお返事の手紙をいただきました」

「恐縮してますねん。昨日もお礼言わせてもろたんですけど、次はクルーズにご招待しますよ、て言《ゆ》うてくれはって」

「ほんまにええご縁ができてよかったですがな。ところで翔くん、なんや話があるとか。なんです？」

「あ、ありがとうございます。ぼくみたいなもんが、こんな話をしてもええのかどうか、まだ迷ってるんですけど」

翔くんが悦子さんの顔色を窺うてます。

「わたしも最初は、子どもがこんなことをするやなんて烏滸《おこ》がましい話やと思うたんですけど、よう考えてみたら、お店のためになるんやないかと思いなおして。えらい差し出がましい話ですけど、聞いてやってもらえますか？」

「なんのことかさっぱり分からへんけど、なんでもお聞きしますえ」

「ありがとうございます。そしたら遠慮なく……」

翔くんは急いでリュックを肩からはずして、なかからノートパソコンを取りだしました。

「こんなとこではなんやし、応接室でも行きましょか」

「すんまへんなぁ。お手間取らせて申しわけありません」

三人で応接室に入ると、翔くんは素早くコンセントを見つけて、応接机にノートパソコンをセットしました。

なにが始まるんやろ。興味津々です。

「生意気なこと言うと思いますけど、聞いてやってもろたらうれしおす」

悦子さんはハラハラしてるみたいです。

「お話ししたいことはふたつあります。ひとつは『紅《ただす》ノ森山荘《もりさんそう》』のホームページです。お話ししてたように、今のホームページは実際のお店と違うイメージで作られています。それでぼくみたいにお店のことを誤解してしまうんだと思います。ぼくがこの前伺ったときの思い出を柱にして、こんなホームページを作ってみました。感想を聞かせてください」

そう言いながら、パソコンを操作する翔くんの目がキラキラ輝いています。

なんか映画が始まるときみたいに、ワクワクしながらパソコンの画面に目を近づけました。

「音楽もいちおう付けておきましたけど、これはまぁゲーム好きのぼくの趣味なので」

翔くんは照れ笑いしてますけど、こんなことまでできるんや、と驚いてしまいます。

一分ほどの動画には、『下鴨《しもがも》神社』さんから糺ノ森へと抜ける道筋に始まって、『糺ノ森山荘』の暖簾《のれん》が風に揺れてるところまでが映ってるんですけど、なんてきれいなんやろうと感動しました。

そこからあとはお部屋の様子やとか、窓からの景色の静止画が続いて、あとは料理写真が並びます。

「ここをクリックすると、リンク先のページに移って、料理の値段とか内容が分かるようになってます。今はダミーの文章ですけど、ここに実際の料理名や価格を入れてもらえば完成します。そしてこの〈予約〉ボタンを押すとまた別のリンク先に移って、簡単に予約ができるようになってます」

翔くんの説明を完全に理解したわけやないんですけど、なんとのう分かります。中学生がここまでできるていうことに、ただただ驚いてます。

「すごいなぁ。これを操作するだけでも面倒やなぁと思うのに、こんな仕掛けを作るやなんて、翔くんは天才と違う？」

「いえいえ、ぼくの友だちにはもっとすごいヤツがいます。ゲームソフトまで作れるんですから」

「九代目、わたしらは到底ついていけまへんな」

悦子さんが苦笑いしてます。

「ありがたいことやけど、けっこうな費用が発生するんと違う？　今うちのホームページを作ってもろてる会社にも、かなりの額を支払うてるさかい、出費がかさむと……」

正直なとこを伝えました。

「お店に迷惑を掛けたことへのお詫《わ》びやと思ってるので、初期費用はいっさい要りません。もし気に入ってもらって、継続的に作らせてもらえるんやったら、お母さんの給料を少しでいいので上げてあげてください。勝手なことを言ってすみません」

翔くんがちょこんと頭を下げました。

母ひとり子ひとり。あんなことを翔くんがしでかした理由がよう分かります。

寂しい思いをしてがまんしてるのに、母親は特権階級の客だけのために働いてる、と思いこんでしもうたとしても、無理はなかったんやろうと思います。

ほんまに母親思いのええ子なんや。ちょっとウルッときました。

旬《しゅん》さんとも相談せんなりませんけど、翔くんに頼んでホームページをリニューアルしたほうがええと思うてます。

「お話ししたいことがもうひとつあるんですけど、聞いてもらえますか？」

「もちろんでっせ」

「中学生のくせに、て思われてもしゃあないんですけど、わたしもおもしろいと思うたんで聞いてやってください」

悦子さんが言葉を足さはったんで、よけい愉《たの》しみになってきました。

「なんの話やろ。愉しみやわ」

「びっくりせんと聞いてくださいね。もう一軒お店を出すという話です」

びっくりするなて言《ゆ》うほうが無理な話です。

「それは無理。はっきり言うときます。今の二軒を維持するだけでも大変やのに、もう一軒増やすやなんて。翔くんには申しわけないけど、その話やったら聞くまでもありません」

ええおとなが、こんなことでイラっとしたらあかんのは分かってますけど、つい感情が出てしもて。翔くんは中学生やからしかたがないやろけど、うちの内情をよう知ってるはずの悦子さんがそんな話の後押しをするて、何を考えてるんやろ。

「ほれ、みてみい。お母ちゃんの言《ゆ》うたとおりやろ。筋道立てて話さんと誤解されるで、て言《ゆ》うたやんか」

悦子さんが翔くんの頭をたたきました。

「最初からそう言《ゆ》うたらおもしろないやん」

頭をさすりながら、翔くんが不満そうに口をとがらせました。

「ちゃんと一から説明しなさい」

悦子さんにきつう言われて、翔くんがパソコンを操作して、ディスプレイをわたしのほうに向けました。

「実際にもう一軒作るのと違って、仮想空間でお店を作るという話なんです。女将《おかみ》さん、この暖簾の写真をタップしてもらえますか？」

「女将さんと違う。九代目」

「すみません、間違えました。九代目さん、タップしてみてください」

翔くんに言われるまま、暖簾を指先でタップすると、音楽が流れてきて、画面ががらりと変わりました。

暖簾のあいだから着物姿の若い女性が現れて、頭を下げてます。

——おこしやすぅ『タダスノモール』へよう来てくれはりました。どうぞたんとお買いもんしとぅくれやす——

「これ、わたしの声ですねん。イラストのイメージとぜんぜん違いますやろ」

悦子さんが照れ笑いを浮かべてる横で、翔くんは笑いを押し殺してるようです。

「バーチャルショップを作ったらどうかなと思って。よくあるオンラインショップやなくて、まったく新しいお店ができたみたいにして、通販をしたら売れるん違うかなと思ってます。以前は四条《しじょう》のほうにお店を出してはったり、デパ地下でもコーナーを持ってはったてお母さんから聞いたんで、そういう商品をこのバーチャルショップで売ったらどうでしょう?」

「なるほど、そういうことやったんかいな。それを先に言《ゆ》うてくれんと」

「すんません。ちょっとウケを狙《ねろ》うてしもて」

翔くんは頭をかきながらニヤついてます。

「わたしも最初聞いたときは、何を言《ゆ》うてるんやら理解できひんかったんですけど、実際にページを見てたら、おもしろうて夢中になってしもうたんです」

「ほかの料亭やらとの違いは、ただのオンラインショップと違《ちご》うて、架空《かくう》やけどリアルなお店になってるとこです。店長とか、料理長とかがちゃんと居て、買い物の相談に乗ってくれたりするんですけど、そこにはＡＩの技術も使ってます」

わたしらにはチンプンカンプンですけど、バーチャルショップて、こんなことまでできるんやて驚くばかりです。悦子さんによう似た店長さんは口調までそっくりで、お惣菜《そうざい》セットの説明をしてます。

「お気に入りていうボタンを押してもらってもいいですけど、すぐに買おうと思ったときはレジに進む、をクリックしてください。そこから支払いの手続きになって、商品を送るか店に取りに行く、を選ぶようになってます」

「やっと分かってきました。つまり翔くんが言いたいのは、ただのオンラインショップやのうて、言うてみたら三軒目のお店を作るていう意味なんやね」

「はい。最初からそう言ってるつもりなんですが」

翔くんが苦笑《にがわら》いしてます。

「仮想空間で、て言《ゆ》うてへんかったやん。そこが一番肝心《かんじん》なとこですがな」

「すんません」

悦子さんと翔くんが声を揃えました。

「わたしらにはまったく思いつかへんことやけど、たしかにこれはおもしろいね。『糺ノ森山荘』のカジュアル版として『泉川食堂《いずみがわ》』を作って、お客さんの層が広がったけど、これで更に広げようていうことやね」

「はい。『糺ノ森山荘』はもちろんですけど、『泉川食堂』でも、初めての客は入りにくいと思います。この『タダスノモール』やったら、誰でも入れるし、ここでの買い物が気に入ったら、リアルなお店にも行ってみようかとなるのと違うかなと思ってます」

「『タダスノモール』てわたしが考えたんでっせ。糺ノ森に掛けてますねんで。しゃれてますやろ」

悦子さんが自慢《じまん》げに言《ゆ》うてますけど、オヤジギャグそのままですやん。

とは言え、たしかに親しみやすいし、若いひとにも受け入れられるような気がしてきました。

「もしやってみようと思ってもらえるんやったら、お手伝いさせてください。ホームページからこの『タダスノモール』への入口も、ゲーム感覚で愉しめるように、秘密の仕掛けを作ったりしたいんです」

翔くんが目を輝かせてます。心底こういうことが好きなんですやろね。

はたしてどれぐらいの売り上げになるんか、見当もつきませんけど、リアル店舗を開くようなコストは掛からへんし、やってみる価値はある思います。あとはどんな商品を置くのか、です。

「九代目はお菓子作りが得意ですやんか。パウンドケーキとかクッキーをよう焼いてはったし、あれほんまにおいしおしたえ。あんなん売ったらええんと違いますか？」

悦子さんが提案してくれたんはありがたいけど、しろうとのお菓子が売れるんやろか。

「九代目のアバターを作らせてもろてもいいですか？」

翔くんに訊かれましたけど、なんのことやらさっぱり。

「アバターて動く似顔絵みたいなもんですねんて。九代目に似たキャラクターを『タダスノモール』に出して活躍してもらお、ていうことですわ。そうやな？」

悦子さんが言葉を足すと、翔くんは黙ってうなずきました。

「料亭の女将さんとかご主人とか、どんなひとなんやろか、て気になってるひと多いと思うんです。ふつうのひとにはとっつきにくい存在やし、それも店に行きにくい理由のひとつやと思うんで、親しみやすいキャラで登場してもらったら人気が出るんと違うかなと」

もちろんわたしも先代も、宜《のり》さんやら悦子さんも、しょっちゅういろんなアイデアを出し合《お》うて、お店の収益を上げる方策を練《ね》ってます。内輪だけやのうて、金融機関さんにも相談してますし、長年お世話になってるコンサルさんの知恵もお借りして、日々努力してます。

けど、ぶっちゃけ言《ゆ》うたら、たいして代わり映《ば》えせえへんし、目をみはるようなアイデアが出てくることはありません。

まだせえへんうちから言《ゆ》うのもなんですけど、翔くんのアイデアは画期的なんと違うかなとワクワクしてます。

「これやったら三軒目もできそうでしょ？」

翔くんに言われてハッとしました。

――紀ノ森には今、傷ついた一羽の鳥がさまよっています。その鳥を癒してやりなさい。そうすればいずれ柱は三本になるでしょう――

あのとき『木嶋神社《このしま》』の神官さんが言わはったことは、ずっと気になってたんですけど、なんのことやら分からんうちに日にちが経ってしまいました。

ひょっとしたらこのことやったんと違うかしら。

翔くんの翔ていう名前は、空高ぅ飛ぶという意味ですやん。傷ついた一羽の鳥ていうのは、きっと翔くんのことやったんです。その傷をみんなの力で癒すことができたんで、三本の柱、つまり三軒の店になりそうです。

絶対そうや。間違いない。そう思うた途端《とたん》、鳥肌が立ってきました。

神官さんの存在そのものも、まだ謎に包まれてるし、最初に言われた六つの岩が飛び込んでくる、ていう話も、それが岩田さんのことやていう確証はありません。

けど、あまりにも符合してるんで、なんとのう信じたまま『木嶋神社』さんを再訪したんですけど、またしてもご託宣《たくせん》て言《ゆ》うたらええのか、神官さんのお言葉どおりの展開になりそうなことに、びっくりし過ぎて腰抜かしそうになってます。

「今の若いひとらは、どんなことでもゲーム感覚でやれたら、入り込みやすいみたいですねん。オンラインゲームとか言うらしいんでっけど、インターネットを通じて、知らんひととゲームで戦《こ》うてなことは、当たり前にあるらしいんでっせ。ゲーム感覚でうちの商品を買うてもらうてなことになったら『タダスノモール』もおもしろいんと違います？」

悦子さんもだいぶ洗脳されてるみたいです。

「そうやね。翔くんぐらいの若いひとらは、将来のお客さん候補なんやから、今のうちにファンになっといてもろたらええわね」

ふと父がよう言うてたことを思いだしました。

――子どもは国の宝やて言うけど、料亭にとっても子どもは財産や。おとな以上に子どものお客さんはだいじにせんとあかん――

このごろ、父の言葉がよう浮かんできます。聞いてたころは、あんまりピンときてへんかったんですけど、今思いだすと心に沁《し》みてきます。もっとちゃんと聞いといたらよかった、と思うても遅いんですねぇ。

ええ話をしてくれた翔くんに、なんぞご褒美でも、と思うたんですけど、それやと子ども扱いになってしまうさかい、と思い直して、旬さんと相談してから改めてにします。

それにしても、ほんまに不思議です。偶然にしては話ができ過ぎですやろ。夢のお告げみたいなことから『木嶋神社』さんへお参りに行って、そこで神官さんからお聞きした話から岩田さんという、救い主みたいな料理人さんに結びついて、そして今回もまた神官さんから三柱鳥居にまつわるお話を聞いたと思うたら、ちゃんとそれがつながる。世のなかには科学やら、理屈では説明のつかへんことがあるんですなぁ。

不思議なことて言うたら、翔くんもそうです。

お母さんが働いてる店を困らせてやろ、とネズミ事件を起こした、どこにでもいるような中学生が、今度は一転してその店の救世主になるかもしれへん。ドラマみたいな展開もほんまに不思議です。

悦子さんに肩を抱かれて応接室を出ていく翔くんは、こないだとは別人のようにたくましい感じます。

雨降って地固まる、てこういうときのことを言うんですやろね。

## 2

紅葉《こうよう》のシーズンも間近に迫ってきて、お店が忙しいなる前に、早いこと料理対決をせんなりません。

どんなテーマがええやろ。なかなか思いつかへんので、宜さんに相談しよ思うてます。

朝晩冷え込むようになりましたけど、わたしは子どものころからこの季節が好きです。

糺ノ森を抜けて学校へ向かうとき、吐く息が白ぅなるのがおもしろうてね。なんべんも息を吐き続けたもんやさかい、気を失うて倒れたこともありました。そのときも助けてくれはったんは宮司さんでした。

参道で倒れてたんを見つけて、救急車を呼んでくれはったおかげで、事なきを得たことを思いだしながら、用心深《ようじんぶこ》ぅ白い息を吐いて、お店の玄関に向かいます。

敷石の上を竹帚《たけぼうき》で掃《は》く音が聞こえてきました。きっと宜さんやろうと思います。

「おはようさん」

「おはようございます。だいぶ冷えるようになりましたな」

宜さんも息が白ぅなってます。

「門掃きもこれから大変になるやろけど、よろしゅう頼みます」

「まかしてください。長年鍛《きた》えた門掃き力を発揮する季節到来。手ぐすねひいて待ってますねん」

宜さんが力こぶを作ってます。

「ところで今度の料理対決やけど……」

「何をテーマにするか、ですやろ？　わしもずっと考えとるんでっけど、ええ案が浮かびまへんのや」

先手を打たれてしまいました。

「宜さんを頼りにしてましたのに」

「すんまへん。あれこれ思いつくんでっけど、これや、ていう決め手がなかなかのうて。いっそふたりに訊いてみよか、と思うてたとこですねん」

「それもええかもしれんけど、萩原《はぎわら》にしても岩田さんにしても、自分の得意な料理を提案するのと違うやろか」

「そこですねん、問題は」

竹箒を壁に立てかけて、宜さんが腕組みしてます。

「こうしたらどないです？　ふたりにそれぞれテーマを挙げてもろて、そのどっちにするかはこっちで決める」

「なるほど、それよろしいな。ふたりがウンて言《ゆ》うてくれたらでっけど」

「宜さんにまかせるさかい、ふたりに訊いてみて」

「分かりました。やってみますわ」

宜さんはこういうとき、決まって力こぶを作って見せるんですけど、だんだん二の腕が細ってくるのが切ないです。

わたしが子どものころはスポーツ選手みたいに筋肉が盛り上がってました。あれから何十年経ったんやろ。困ったときの宜さん頼みはずっと続いてきました。

父から旬さんへと代替わりするときも、宜さんのおかげでスムーズに運びました。老舗《しにせ》料亭の主人らしさがまったくない旬さんは、まったく乗り気やなかったし、周囲も圧倒的に反対の声が多かったんですけど、宜さんは孤軍奮闘ていう感じで後押ししてくれました。

うちは定年がないので、宜さんが自分で引退するて言うまでお店にいてもらうつもりですけど、そう遠くない日になりそうやなと、小走りで板場《いたば》に向かう宜さんの背中を見てたら、寂しいなって泣きそうになりました。

宜さんがあいだに入って難儀するんやないやろかと案じてましたが、あっけない結果になりました。

こんな不思議なことてあるやろか。宜さんから報告を受けたとき、ほんまにびっくりしました。

岩田さんも萩原も、料理対決のテーマに海老料理《えび》を提案してきた言うんです。時間も場所も別々やったのに、ふたりとも即答に近かったて言うんやさかい、声を上げるほどびっくりしました。

「先に岩田はんに訊いたら、海老料理はどうでしょう？　て答えはったんで、萩原はどんな料理を言うんやろ、わしは海老料理がええなぁ、と思うて訊いてみたら、海老料理はどうです？　て答えよったんで、ほんまか？　て思わず大きい声出してしまいましたがな」

さぞや宜さんもびっくりしたやろねぇ。

「馬が合うて言《ゆ》うたらええのか、とにかく手間が省けたことだけはたしかやし、ふたりが海老料理に意欲的やていうことも分かったし、ええことだらけですやん。早速日程を決めて、審査員さんのご都合を訊かんとあきまへんな」

「承知しました。紅葉のシーズンも迫ってまっさかい、できるだけ早いほうがよろしいな」

「そうですな。至急に調整してみますわ」

ということで、あとは日取りを決めるだけになりました。こういうふうにトントン拍子に進むと、気持ちよろしいな。

けど、こういうときほど慎重に物事を進めなあきません。人生てうまいことできてるもんで、ええことばっかり続かへんし、悪いことばっかりも続きません。上り坂があったら、かならず下り坂があるし、ときには平坦な道が続くこともありますけど、突然落とし穴が空いてることもあります。

――鼻歌が出そうになったら、足元をよう見て歩かなあかん――

父がよう言うてましたけど、九代目を継いでから、事あるごとにその言葉を思いだして、自戒しています。

今日もなにごとも起こらんと済んだ。

最後のお客さんをお見送りして、宜さんが暖簾をおろします。

一日が終わるとホッとします。

「おつかれさん。また明日もよろしゅう頼みます」

毎日おんなじ言葉を宜さんに掛けることができるのは、ほんまにありがたいことです。

「九代目もおつかれですやろ。たまには休み取りなはれや」

「その言葉は、そっくりそのまま宜さんにお返しします」

顔を合わせて笑いました。

宜さんは持病があるさかい、無理やり休みを作ってるんですけど、なんやかんやと理由を付けてお店に出てきます。うちの店の仕事が好きなんですやろね。

「そうそう。明日の夜に予約を入れてはるフランスのお方でっけど、言葉のほうは大丈夫でっしゃろか」

「予約の電話ができはるんやったら大丈夫なんと違いますか」

「それが電話やのうてメールですねん。悦子さんが翻訳ソフトを使うて返事してくれたんでっけど、会話やとそうはいきまへんしな」

「ナンチャラていう翻訳してくれる機械がありますやんか。それに、わたしもフランス語やったら大学のときに仏文学を専攻してましたさかい、ちょっとぐらいは」

「そうでしたな。それをうっかり忘れてました。これで安心してお迎えできますわ」

宜さんがホッとしたように口元をゆるませてますけど、どないなることやら。

なんせ長いこと遠ざかってますさかい、通じひんかもしれません。

「明日はお昼に料理対決で、夜は満席。忙しい一日になりそうですな」

宜さんが見上げる夜空には、きらきらと星が瞬いてました。

一夜明けて、今日はあいにくの曇り空です。その分、冷え込みはちょっとましなように思います。雨が降ったらいややなぁと思いながらも、実りの秋には雨も必要なんやと思いなおしたりしてます。

さぁ忙しい一日のはじまりです。今日の夜は満席をいただいてて、ほんまにありがたいことです。

「すごいことになってるぞ」

朝のコーヒーを飲みながら、パソコンを開いてた旬さんが大きな声を上げはりました。

「なんぞありましたんか？」

着付けの手を止めて、パソコンのディスプレイを覗きこみました。

「『タダスノモール』のお客さま登録が一万人を超えたよ。それだけじゃない。売り上げはオープン当初の二十倍にまで伸びてる。ちりめん山椒《ざんしょう》なんか製造が追い付かないんじゃないか？」

悦子さんから聞いて、アクセス数が伸びてるのは知ってましたけど、まさかこんなようけのひとが登録して、買い物までしてくれてはるやなんてびっくりです。

「翔くんの作り方が巧《うま》いのもあるね。隠しボタンとかがあって、つい誘導されちゃうんだよ。きみのアバターも可愛《かわい》いしね」

「本物に会《お》うたらガッカリしはるんと違いますやろか」

どう見ても二十代前半のアイドルみたいになってるんで、だいぶ抵抗したんですけど、あくまで架空の話やからと悦子さんに言われて、しぶしぶ了解したんです。ここまでアクセスが増えるとは予想外やったし、今さら修正もできひんやろし、詐欺《さぎ》やて言われへんかしらて心配です。

「心配無用。みんなそんなことは百も承知なんだから。アバターなんてそんなもんだよ。翔くんの作戦勝ちだ。本家も『泉川食堂』もうかうかしてると売り上げ抜かれちゃうぞ」

うれしい悲鳴ていうのは、こういうことを言《ゆ》うんですやろね。

それにしても恐るべし『木嶋神社』さん、です。
今となっては、糺ノ森をさまよう鳥は翔くんのことやったて思うしかありませ
ん。それをみんなの力で癒してあげたことで、三本脚の鳥居みたいな三つの柱が
できて、お店の先行きが明るぅなってきたように思います。
「翔くんにボーナスはずんであげないと」
「ほんまに。これで一挙にコロナ禍のマイナスを取り戻せるかもしれませんね」
「問題は生産体制だろうね。このペースで注文が増えていったら、とてもじゃな
いが今の体制じゃ生産が追い付かない。萩原と岩田さんにも相談して、工場を建
てないと」
「工場？　そんな大げさな」
「きみはまだネットの威力に気づいてないんだ。コロナ禍でみんな取り寄せるク
セが付いちゃったから、販路はあっという間に広がる。このグラフの急カーブを
見ると、ぼくなんか先が怖いぐらいだよ」
「そういうもんなんですか。わたしはアナログ人間やさかい、そういうことには
疎《うと》うて」

なんでもかんでもアナログに置き換えんと理解できひんのは、父譲りかもしれません。

父は携帯電話を信用せず、かならず固定電話を使うほどのアナログ人間でした。家のなかだけならまだしも、外出中でも父は公衆電話を探すんです。わたしの持ってる携帯電話を使《つこ》うたら？　て何べん言《ゆ》うても無駄でした。

むかしはあちこちにありましたけど、携帯電話が普及してから、公衆電話て激減してますやん。車乗ってて、急に公衆電話探せ言われても無理ですやろ。そんなときに父がどう言《ゆ》うたと思わはります？　ネットで検索せえ、て言《ゆ》うんでっせ。そんな矛盾《むじゅん》した話あります？　それやったら携帯電話使《つこ》うたらええのに、て思うんですけど、頑《がん》として使いませんねん。そうそう、電子レンジも忌《い》み嫌《きろ》うてました。食べるもんを電波で温めたりしたら、細胞が壊れてまずぅなる、て絶対使いませんでした。

そんな父が『タダスノモール』のことを知ったら、どう思うたやろ。きっと猛反対したやろ思います。

『木嶋神社』さんの三脚の鳥居を思い浮かべ、『糺ノ森山荘』、『泉川食堂』、『タダスノモール』が三つの柱になるんやろなぁと、感慨もひとしおでした。

これで気持ちよう料理対決の場にのぞむことができます。

3

板場に向かいながら、なんでふたりの料理人が海老をテーマに選んだんやろ、て今さらですけど、不思議な気がします。

料亭のほうでは海老の天ぷらやとか、おめでたい席で伊勢《いせ》海老の具足煮《ぐそくに》とか、海老料理を出す機会も少のうないですし、食堂では海老フライは人気メニューのひとつやし、蒸《む》し海老をちらし寿司の具にしたりしますさかい、身近な食材ではあるんですけど、わざわざ対決のテーマにすることもないんと違うかしら、とも思います。

なんで海老を選んだんか、ふたりに訊いてみんとあきませんけど、たぶんふたりとも自信のある海老料理を思いついたんですやろ。愉しみです。

ありがたいことに審査員のみなさんは、もう席に着いてくれてはります。

「お忙しいとこお越しくださいまして、ありがとうございます。本日は海老料理対決です。どうぞよろしくお願いいたします」

みなさんにご挨拶して、わたしも席に着きます。

「定刻まであと三分ありますんで、もう少々お待ちください」

立ちあがった宜さんは、目を細めて時計を見てます。

「九代目、今日はこのあとご予定ありますか？　ちょっとご相談したいことがあるんですが」

篠原さんが話しかけてきはりました。

「大丈夫ですえ。お話聞かせてもらいます」

「ではのちほど」

用件だけ言《ゆ》うて、篠原さんは席に戻らはりました。

なんのご用ですやろ。

ひょっとしたらクルーズのことと違いますやろか。コロナ禍のあいだは、クルーズも思うようにできひんかったみたいやけど、最近は大盛況らしいて、キャンセル待ちのツアーもようけあるみたいです。

世界一周てなぜいたくは言わしません。日本のなかをちょこちょこ周るだけでもええので、死ぬまでにいっぺんぐらいは、豪華客船いうのに乗って旅したいもんです。

てなことを思うてるうちに定刻になりました。料理対決開始です。

ふたりの前に置いてある海老を見ると、つくづく海老ていろんな種類があるんやなぁと、あらためてそのバリエーションに感心します。

オマールから車海老《くるまえび》、桜海老、川海老《かわえび》やとか、大きさもまちまちなら、姿かたちもそれぞれ違います。なるほど、これやったらおもしろい料理ができるんやろと思います。

回を重ねるたびに、ふたりとも手際がようなって、無駄のない動きは見てて気持ちがよろしい。

料理てほんまに段取りがだいじなんやて、対決を見るたんびに思います。

ふたりとも手をとめる時間がほとんどありません。包丁を使《つこ》うたら、すぐ鍋に手を伸ばし、出汁《だし》やら調味料をすかさず入れる。よどみがないんですわ。

もうひとつ。最初のころの対決と大きく変わったのは、料理のプロセスを間近に見てても、結果どんな料理になるのか、想像がつきにくぅなったことです。様子を見てたら、きっとこんな料理が出来上がるやろなと想像がついたんですけど、最近は出来上がるまで、どんな料理になるのか分からへんのです。それだけ意外性が増してきたていうことなんですやろね。

今日もおんなじ。ふたりの調理風景を見てても、どんな料理になるのか、まったく予想がつきません。

萩原は手動式の製麺機を使《つこ》うてるので、麺料理が入るんやろな、ぐらいは分かります。

いっぽうで岩田さんが調理してはるのはオマールです。伊勢海老なら分かるんですけど、オーソドックスな日本料理を得意にしてはる岩田さんがオマールを使わはるていうのは、ちょっと意外でした。

はたしてふたりがどんな料理を作るのか、出来上がりが愉しみです。

ふたりの手際がええさかいですやろか、調理してるとこを見てると、あっという間に制限時間がいっぱいになります。

「あと五分です」

いつもどおり宜さんがふたりに時間を知らせます。

海老特有のええ匂いが漂うてきました。

どうやらふたりとも最後の仕上げにかかってるみたいで、動きが激しいなって
きました。

見てるこっち側でも緊張するんやさかい、当の本人らには相当なプレッシャー
がかかってるんですやろね。

冬がすぐそこまで来てるのに、ふたりとも額に汗を浮かべてます。

「終了です」

立ちあがって宜さんが右手を上げました。

仕事をやり終えた達成感からですやろか、ふたりともええ顔してはります。頰《ほお》
は紅潮してるけど、目付きは穏やかです。

「どっちからにしまひょ？」

宜さんが訊ねると、顔を見合わせたふたりは同時に先を譲るような仕草をし
て、苦笑いしてます。

「お先に失礼します」

岩田さんにきちんと挨拶してから、萩原が前に出てきました。成長したなぁ思います。

「ひと品目は海老そばです。車海老とサイマキ海老のすり身を麺にしてます。スープも海老の殻で取りました。ほんのり紅《あこ》う染まった麺が特徴です。箸《はし》休めっていうかおしのぎにと思うてるので、お椀サイズにしてます。熱いうちに召しあがってください」

京都の夏の風物詩とも言える、〈魚《うお》ぞうめん〉の海老バージョンていうとこですやろか。海老の芳《かん》ばしい香りがええ感じです。そうか、海老てこんな味やったんか、て改めて海老の魅力に気づかせてくれる斬新《ざんしん》な料理ですわ。

「ふた品目は海老フライ。ありふれてるかもしれませんけど、海老はやっぱり揚げると旨《うま》みが際立ちますので」

「ソースは付けないのですか？」

秋山《あきやま》さんが不満そうに訊かはりました。

「海老とコロモに味を付けてありますので、そのまま食べてください」

萩原が自信ありげに答えたとこみると、なんぞ工夫してあるんやと思います。二尾《にび》の海老フライはブラックタイガーやろか。頃合いの大きさで、ふつうの海老フライに見えますけど、ちょっとコロモの色合いが違います。

黄色っぽいコロモのほうはたぶんカレー味やと思います。ちょっとエスニックな感じです。

もう一尾のほうはちょっとビックリ。タルタルソースの味がしますねん。お行儀悪いの承知で、嚙《か》んだあと見てみたら、どうやら海老にタルタルソースを塗《まぶ》しつけて揚げてるみたいです。

これやったらソースは要らんし、味に変化があって愉しおす。『泉川食堂』の新メニューにできそうです。

わたしは萩原に高点数を付けますけど、ほかの審査員はどうなんやろ。表情を見る限りでは、秋山さんはあんまり評価してはらへんみたいで、逆に憎休《そうきゅう》さんは満足そうな顔で食べてはります。

「ほな岩田はん、お願いします」

萩原の試食がおおかた終わったところで、宜さんが岩田さんに顔を向けました。

「最初は椀ものです。オマールと海老芋を白味噌で煮ております。椀ものとは言え、しっかりボリュームがありますから、煮物としてもいいかと思います。懐石の一品にする場合は、ぜんたいのバランスを見て、ボリュームを加減しないといけません。今日の量はその中間といったところです。柚子皮《ゆずかわ》をあしらってますが、お好《この》みで添えてある和辛子《わからし》を付けて召しあがっていただいてもよろしいかと」

大ぶりの吉野椀の蓋を開けると、白味噌独特の甘い香りが漂うてきて、食欲をそそります。

岩田さんの言わはるとおり、椀ものにしては椀種が大き過ぎるし、汁気《しるけ》が少な過ぎます。

日本料理ではふつう伊勢海老を使うんですけど、オマールにしはったとこが新しおす。白味噌との相性は間違いおへんし、海老芋もええ按配《あんばい》ですわ。

「ひょっとしたら、この海老芋も海老の一種やという意味ですか?」

僧休さんが真顔で訊いてはります。

「まぁ、ちょっとしたシャレということにしておきましょう」

照れくさそうに岩田さんが苦笑いしてはります。余裕しゃくしゃくという感じです。

「ひとつお訊ねしたいのですが」

篠原さんが岩田さんに向かって手を挙げはりました。

「なんでしょう？」

「以前に円山《まるやま》公園のなかのお店で『いもぼう』というお料理をいただいて、京都らしいなぁとしみじみ感動したのですが、岩田さんはあの『いもぼう』を意識してこの料理を作られたのでしょうか？」

「おっしゃるとおりです。わたしもあの料理を食べて、これが京料理の原点だと感服しました。北の国から届いた棒鱈《ぼうだら》と南の国から届いた海老芋を炊き合わせる。京都ではこういう料理を出会いもんと呼ぶのだと聞いて、その発想に驚きました。むかしなら棒鱈は遠来の食材の象徴でしょうが、今の時代の遠来となればオーストラリアからでもいいでしょう。この料理は『いもぼう』へのリスペクトだと思っていただければ」

なるほど、そういうことやったんか。篠原さんに言われへんかったら気づかずにいたと思います。こういうのが料理対決の醍醐味《だいごみ》です。

「となると、これは椀ものっちゅうより、煮物椀としたほうがよろしいな」

僧休さんの言わはるとおりです。懐石の椀ものていうたら、あっさりしたお出汁のほうが人気あります。

「ふた品目は蒸し寿司です。熱いのでお気をつけて召しあがってください」

錦手の蓋付茶碗には熱々の蒸し寿司が入ってるようですけど、びっしりと蒸し海老が載ってるので、赤い海老しか見えません。

顔を近づけると、お酢の香りが漂うてきて、思わずむせてしまいました。

京都の古ぅからのお寿司屋さんでは、冬になるとたいてい蒸し寿司を出さはります。穴子、きくらげ、椎茸の煮たん、錦糸卵と海老を具にしたちらし寿司を蒸しあげたようもんですけど、底冷えする日なんかは、お腹だけやのうて身体ぜんたいが芯からぬくもる、なによりのご馳走です。

関東の方には馴染《なじみ》が薄いはずなんで、岩田さんが蒸し寿司を出してきはったんは、かなり意外な気がします。

海老料理やさかい、具は海老だけなんやろか。蒸し海老を一尾食べて、なかの様子を見てみました。

最初は赤酢を使うてはるのかと思うぐらい、酢飯が紅《こ》う染まってるんです。目を凝《こ》らしてよう見たら、桜海老が混ぜ込んであるんです。だけではありません。ピンク色のこまかいでんぶも混ざってます。

「海老尽しの蒸し寿司ってわけだね」

海老好きの旬さんがにんまりしてはります。

「ひと口に海老と言っても、いろんな味わいがあります。そのバリエーションを愉しんでいただければと思って、蒸し寿司に仕立てました。わたしは基本的に海老は火を入れたほうが旨みが出ると思っています。小海老を殻付きのまま茹でて、すり鉢で擂《す》って味付けしたでんぶと、さっと湯通しした桜海老を酢飯に混ぜ、その上に湯引きしたサイマキ海老を載せて、いろんな海老の風味を愉しんでいただく蒸し寿司になっております」

こういうのをプロの味て言《ゆ》うんですやろね。海老てこんなおいしかったんや。思わず笑みがこぼれます。

これでふたりが作った四品の海老料理を食べ終えたんですけど、今回も甲乙《こうおつ》付けがたいと思います。

今年になってから五回目の料理対決。これまでの戦績は、岩田さんの二勝一敗一分けですさかい、岩田さんの負けはありません。来年も引き続き岩田さんに『糺ノ森山荘』の板長をお願いすることになりそうですけど、もし今回萩原が勝って、年間を通して引き分けになったら、どうするんやろ。その取り決めをしてなかったことに気づきました。

決着が付いたらええんですけど、こればっかりは蓋を開けてみんと分かりません。

わたしのなかでは、萩原の海老フライと岩田さんの海老蒸し寿司がトップ争いしてます。ほかの審査員さんはどうなんやろ。まったく予想がつきません。

「萩原さんにひとつ訊きたいのだが」

秋山さんが手を挙げはりました。

「なんですやろ?」

「海老にまぶしてあったタルタルは既製品かな?」

「いえ。もちろんぼくが作ったものです」

既製品を使ったと思われたのが不本意やったとみえて、萩原は顔をゆがめてます。

「マヨネーズから作った？」

「はい。マヨネーズから作って、お酢、レモン汁、刻みパセリ、茹《ゆ》で卵、自家製のラッキョと漬け汁を混ぜてます」

萩原が秋山さんをにらみつけるようにして答えました。

「そうでしたか。失礼」

秋山さんはまだ半信半疑みたいですけど、萩原の性格からして、こんな料理対決で既製品を使うようなことはありませんやろ。それに既製品のタルタルソースにはこんな深みはないいて、わたしでも分かるのに、秋山さんほどの食通が間違わはるはずないと思うんですけど。

「それではぼちぼち審査の結果を」

宜さんが審査員の顔を見まわすと、秋山さんも僧休さんも、篠原さんまでもが腕組みしたままで、むずかしい顔を左右に傾けてはります。

今年最後の料理対決もどうやら接戦になりそうです。

一年なんてあっという間やと、今年の料理対決を振りかえってみてそう思います。

対決やさかい、もちろん勝ち負けもたいせつやけど、こないしてふたりの料理人が切磋琢磨《せっさたくま》して腕をみがき、それを周りのみんなが見守るていう時間が貴重なんやと思います。特に篠原さん、秋山さん、僧休さんていう外部のひとたちが、ふたりの料理のどこをどう評価しはるのかは、ほんまに参考になります。

内輪の人間はとかく情が入りますさかい、つい客観性を失いがちです。もし内輪の人間だけで審査し続けてたら、ぜんぜん違う結果が出てたやろ思います。

さて、今日の結果が出ました。

こうなったら困るなぁ、て思うてると、たいていそうなってしまうのは、なんでですやろね。不思議です。

わたしにとっては、まさか、という思いでしたけど、わたし以外は全員が萩原の勝ちにしました。

「ひょっとして萩原さんは、わたしが無類の海老フライ好きだとご存じやったんでしょうか。ちょっと贔屓《ひいき》が過ぎたかもしれません」

と言わはった篠原さんは特別かもしれませんけど、みなさん、海老の旨みを最大限に引き出したんは、萩原の料理やと講評しはりました。

「海老の蒸し寿司はたしかにおもしろいアイデアやけど、いろんな海老を使い過ぎて、それぞれの持ち味を殺し合《お》うてたように思う。特に海老でんぶの甘みは余計やったんと違うかな」

僧休さんの言葉に、岩田さんは淡々とした表情でうなずいてはります。

「なぜオマールを使われたのか。ちょっと理解に苦しみます。もし伊勢海老だったら、間違いなく岩田さんに軍配をあげたのですが」

秋山さんらしい講評やなと思います。

けど、わたしはあえてオマールを使わはったからこそ、対決にふさわしい、ええ料理やと思うたんです。出会いもんという京都らしい料理に挑戦しはって、外国人の方にも馴染《なじみ》のあるオマールと海老芋との出会いを料理にしはった。素晴らしい発想ですやん。

勝ち負けは気にせんとこと思いますけど、やっぱりちょっと悔しい気がします。

萩原の勝ちとなった結果、今年一年の戦績は二勝二敗一分けの五分となりました。

さぁ、どうしたもんですやろ。来年度の『糺ノ森山荘』の板場はどっちが仕切ることになるのか。

「九代目、どないします？　じゃんけんでもしますか？」

僧休さんは引き分けになったことを喜んではるように見えます。

「困ったなぁ」

言葉とは裏腹に旬さんもにこにこしてはります。

これ、ひょっとして引き分けに持ち込むために、萩原の勝ちにしはったんと違うやろか。そう疑《うたご》うてしまうほど、ふたりとも嬉しそうな顔してはるんです。

「対決は対決。来年の板長は九代目が決めはったらええんと違います？」

悦子さんがそう言うと、僧休さんが拍手しはりました。

「それがええ。ここまで互角に戦うたんやから、どっちがなってもおかしいない」

僧休さんの言葉にみんなうなずいてます。誰も反対せえへんとなると、それしか道はないんですやろね。

困りました。

正直なとこ、ふたりのどっちが板長になってもええと思うてますし、ふたりの料理人もそう思うてるはずです。

板場に立つふたりも、審査員席にいる六人も、鋭い視線をわたしに向けてます。

「分かりました。そう言《ゆ》うていただけるんでしたら、決めさせてもらいます。けど、今の今の話ですさかい、しばらく考える時間をもろてもよろしいやろか」

みなさん納得いただいたみたいなんで、今日のとこは引き分けのままということで、お開きにしました。

「九代目、よろしいでしょうか？」

篠原さんからお話があるて聞いてたんを、すっかり忘れてました。

「応接室行きましょか」

素知らぬ顔してご案内します。

「お忙しいでしょうから手短にお話ししますと、来年の春に飛鳥Ⅱで世界一周クルーズを予定しているのですが、その最初の日の記念ディナーの料理を『紀ノ森山荘』さんにお願いできないだろうかという話です」

ソファに腰かけるなり篠原さんが切りだされたはった話にはびっくりです。

「突然のお話でただただ驚いてますが、ご承知のとおりうちの店はこんな小さな料亭です。あんな大きな船のお客さんに料理をお出しするなんて、絶対無理やと思うんですけど」

「おっしゃるとおり、八百名ほどのお客さまに乗船いただきますので、実際の調理やサービスは、こちらのスタッフでやらせていただきます。『紀ノ森山荘』さんには、メニューの構成や趣向の監修などをお願いしたいのです。それも岩田さんと萩原さん、おふたりのコラボと言いますか、このディナーのために考案いただいた料理を交互に出す、そんな夢のようなことを考えているのですが」

熱っぽく語らはる篠原さんは、頬を紅潮させてはります。

「ありがたいことこの上ないお話ですけど、なんせ突然のことですさかい……」

「まだ時間はありますので、おふたりの料理人さん、八代目にもじっくりご相談いただいたうえで、お答えを聞かせていただければと思っております。まずはご検討いただけるかどうか、だけお聞かせくださればけっこうです」

「門前払いてな失礼なことはできませんし、光栄なことやさかい、もちろん検討させてもらいます」

思いもよらんお話に気持ちは昂《たかぶ》るばかりです。

「これまで何度もおふたりの対決に立ち会わせていただきましたが、いっつも思うてたんです。おふたりが力を合わせてメニューを作らはったら、どんな素晴らしいコースになるやろう、て。世界に船出する場がふさわしいんと違うかな、と」

さすが、世界に目を向けてはるひとは、発想が違います。

目からウロコてこういうときのことを言うんですやろね。

対決という言葉のせいかもしれませんけど、どっちが上か下か、どっちが優れてるか劣ってるか、という視点でしかふたりを見て来ぃひんかったことが恥ずかしいです。

篠原さんが言わはるとおり、競い合《お》うてきたからこそ、ふたりがブラッシュアップしてきたんやと思えば、そのふたりが力を合わせたら、一足す一が三になるかもしれん。

せいぜいが三十人程度の宴席しか経験したことないんで、八百人のお客さんにどないして料理を作ったらええのか、想像もできませんけど、船のキッチンではずっとそんなことをやってはるんやから、篠原さんが言わはるように、実際の調理やらサービスは先方に任せといたらええ。そう思うたら俄然現実味を帯びてきました。まずは旬さんに相談せんとあきません。

それはそれとして、目の前の課題はふたりのうち、どっちを来年の板長にするか、です。

二択てこないむずかしいもんなんや。ずっと悩んでます。

ここらでいっぺん萩原に板場をまかせてみてもええんと違うやろか、そう思うてみたり。いやいや、やっぱりお店のことを考えたら、そんな冒険できひん。せっかく岩田さんのファンが増えてきて、安定してるんやさかい、今のままいったほうがええ、そう思いなおしたり。けど、ひょっとしたら萩原が大化けするかも、と思うたり。こうなったらコイントスで決めよか、と。

ふと思いだしたんは『木嶋神社』さんの三脚の鳥居です。

わたしが九代目を引きうける切っ掛けを作ってくれはったんは、『木嶋神社』さんの神官さんのお言葉でしたし、『タダスノモール』という形で翔くんが通販サイトを作り、ホームページを刷新してくれはったんも、元をただせばおなじ神官さんのお言葉でした。

『糺ノ森山荘』、『泉川食堂』、『タダスノモール』が三脚の鳥居みたいに、どっしりと大地に根付いてたらそれで安定してるんやさかい、総料理長としての役割を果たす『糺ノ森山荘』の板長が岩田さんのままでも、萩原が返り咲いても、どっちでもええと思うてます。

こういうことて、しばらく時間を置いたほうがええ結果が出るもんです。今日一日じっくり考えて、明日にでも結論を出すことにします。

今日のもうひとつの課題はフランス人のお客さんをおもてなしすることです。

4

なんぼ自動翻訳機があるいうても、ふた言み言ぐらいはしゃべれんとねぇ。書棚から飲食店向けのフランス語会話の本を引っ張りだしてきて、挨拶のページを開きました。

カタカナ読みしかできませんけど、フランス語て英語よりむずかしおす。鼻にかけるていうか、鼻から抜くていうか、自分で言いながら恥ずかしいて笑《わろ》うてしまいます。

その成果やいかに。そろそろご予約の時間が迫ってきました。銀杏《いちょう》の柄の着物に、竜田川《たつたがわ》の帯を合わせたんですけど、ちょっとトゥーマッチやったかもと反省してます。

「ちょっと派手過ぎたやろか」

玄関先で待機してる宜さんに訊いてみました。

「フランスのおかたやったら、それぐらいでよろしいやろ。きっと喜ばはりまっせ。あの黒塗りの車みたいですな」

宜さんは前を向いたまま、半纏《はんてん》の衿頭《えりがしら》を引っ張って整えました。

「ようこそおこしやす」

開いたドアに駆け寄りました。

「ボンソワール」

後部座席から降りてきはったんは、フランス映画にでも出てきはりそうな紳士で、レンガ色のシックなジャケットを着てはります。

「こんばんは」

助手席から降りてきはった男性が、京言葉のアクセントで挨拶しはったんでびっくりしました。

薄紫のスーツを着てはる若い女性も、てっきりフランスのお方やと思いこんでたんですけど、日本人みたいです。

「ごぶさたしてます。芳子《よしこ》です。木平《きひら》芳子」

「え？　木平さん？　えらい印象が変わらはったんで分かりませんでした。失礼なことですんません」

「どうぞお入りください」

宜さんが暖簾をたくしあげてます。

レディーファーストが行き届いてるお国柄やさかい、真っ先に木平さんが暖簾をくぐって、フランス人の男性ふたりがあとに続きました。

それにしてもびっくりしました。まったく予想してへんかったさかいでもありますけど、どっちかて言うたら地味な印象やった木平さんが、華やかな印象に変わってはって、貴婦人みたいな感じでした。

フランスのお方とはどういう関係なんやろ。知りたいとこですけど、ぶしつけなこと訊くわけにもいきません。

二階のお座敷にはテーブルと椅子をセットしてあります。この頃は外国人の方だけやのうて、ご年輩の方から若い方まで、みなさんテーブルと椅子を希望されることがほとんどで、お座敷にお座布を敷いて、をリクエストされることはめったにありません。

それやったらいっそ板の間にしたらどうやろ、と思うこともありますけど、おおかたはやっぱり畳《たたみ》の間が落ち着くとおっしゃいます。畳敷きの部屋にテーブルと椅子。料亭でもこの形がスタンダードになりつつあります。

ご用意しておいた〈桐壺《きりつぼ》〉の間にお通ししました。

「ようこそお越しくださいました。お料理につきましては、いつもどおりにさせてもろてますし、お箸で食べていただくようにしましたけど、ご不自由でしたらカトラリーもお持ちしますので、遠慮のうお申し付けください」

畳に正座してご挨拶しました。

「アルマンさんとベルナールさんのおふたりは、和食に慣れてはるから大丈夫ですよ」

木平さんがふたりの男性に笑顔を向けはりました。

「ハイ。ダイジョブデス」

おふたりが声を揃えはりました。

「日本語も話さはるんですか？」

「スコシダケ」

少しは通じるみたいでホッとしました。

「お飲みものはいかがなさいますか？」

ドリンクリストをお三方にお見せすると、木平さんがフランス語らしき言葉で、ふたりになんか言うてはります。

木平さんは通訳の仕事もしてはるんやろか。

「最初はこのシャンパーニュをお願いします。あとはお料理に合わせてワインをいただきたいのですが、ソムリエはいらっしゃいますか？」

「すんません。あいにくソムリエは居《お》りませんのやけど、八代目がワイン好きなので、お料理と相性のいいワインを選ばせていただいております。おまかせいただけるんでしたら、ペアリングしてお出しさせてもらいますけど」

そう言うと木平さんが通訳しはって、おふたりは「ウィ」て言うてうなずかはりました。

「では、それでお願いします」

木平さんがドリンクリストをテーブルに置かはりました。

「あと、もしよかったらお料理に合う日本酒もご用意してますんで、リクエストしとぅくれやす」

今度はフランスの方にも通じたんか、拍手で応《こた》えてくれはりました。

あとは悦子さんにまかせることにして。

「どうぞごゆっくりおくつろぎください」

お座敷から下がります。

なんでフランス人の方と木平さんが一緒なんか、ついお訊ねしそうになりましたけど、料亭では余計な詮索《せんさく》はご法度《はっと》です。

これからお出しする料理を頭のなかに浮かべてみました。先附《さきづけ》からお造《つく》り、お椀、八寸《はっすん》とすんなり流れていったんですけど、強肴《しいざかな》のとこで、ちょっと引っかかりました。

今月の懐石《かいせき》では、強肴はシャトーブリアンと松茸《まったけ》のミルフィユ、ひと口ステーキになってるんやけど、直球過ぎるやろか。不安になってきました。

うちの名物とも言える、シャトーブリアンのから揚げと、松茸のフライに替えよかしらん。

思い立って板場に急ぎました。

――営業中の板場は戦場みたいなもんやさかい、よっぽどのことがない限り立ち入ったらあかんのや――

父の言葉が浮かびましたけど、その、よっぽどのときなんや、と自分に言い聞かせて板場に入りました。

「なにかありましたか?」

板場に入るなり、岩田さんが大きな声を上げました。

「こんなときに押しかけてすみません。どうしてもお願いしたいことがありましたんで」

かいつまんで話しました。

「承知しました。今からなら間に合いますのですぐ準備します」

「無理を言いますけどよろしゅう頼みます」

間に合うてホッとしました。

木平さんとフランスのお方の席には悦子さんが張りついてますさかい、接客については心配してへんのですけど、それでもやっぱりいろいろ案じてしまいます。

一番気になるのは三人の関係です。

もし今夜の席を木平さんが仕切ってはるんやったら、予約も木平さんがしてきはるはずです。そうやなかったていうことは、フランスのお方の席に木平さんが招かれはったていうか、同席することになったということになります。そもそもあのフランスのお方はどういう素性《すじよう》なんやろ。料亭いうとこはそんな詮索したらあかんのは百も承知ですねんけど。

夜の懐石はだいたい二時間ほど掛かります。もちろんお客さんのペースに合わせますので、もっと早《はよ》ぅ終わることもあれば、三時間近《ちこ》ぅ掛かることもあります。

おおむね地方からお見えになる方は短《みじこ》ぅて、京都の方は長いんですけど、ヨーロッパ系の方は格別長い時間掛けて愉しまはります。

今夜もその例にもれず、ほかの部屋はとうに終わってはるんですけど、三時間経った今でも〈桐壺〉は宴たけなわていう感じで、笑い声が絶えません。

心底お愉しみいただいてる証《あか》しやと思うて、わたしはちっとも苦になりません。ただ板場のスタッフのことは気になります。

料理をぜんぶ出し終えて、それから片付けに入りますさかい、お食事の時間が長引けば長引くほど、帰りが遅ぅなります。

敷地内の寮に住んでる子はええんですけど、マンションや自宅から通うてる子は心配です。もちろん所定の勤務時間を過ぎたら残業手当を付けますけど、安全はお金で買えしません。

早《はよ》ぅ帰してあげたい気持ちと、お客さんにはゆっくりくつろいで欲しいという気持ちが、こういう時はいっつも綱引きします。

きっと悦子さんもおんなじ気持ちやと思います。お客さんを急《せ》かすやなんてもってのほかですけど、一分一秒でもスタッフを早《はよ》ぅ帰すために、心をくだいてくれたんやと思います。ご飯もんから水菓子にと、最後になって急ピッチで進みました。

「九代目お願いします。お勘定はもう済ませてもろたんですけど、ご主人にお礼を言いたいて言うてはります。間もなく降りてきはるんで」

〈桐壺〉へ出向かうつもりやったんですけど、玄関先でお待ちしたほうが、ちょっとでも片付けが早《はよ》ぅできるさかいありがたいです。

着物の衿元と裾《すそ》まわりを整えて、階段下で待機してます。

「こんな時間まで居座ってしまってすみませんでした。おいしいお料理とお酒のおかげで、あまりに居心地がいいものですから、ついつい長居してしまいました」

階段を降りてくるなり、木平さんが頭を下げはりました。

「とんでもないです。ゆっくりくつろいでいただくのが料亭の務めですさかい」

「オイシカッタデス」

ワインで顔を赤《あこ》うしてはるフランス人のお客さんが、ちょこんと頭を下げはりました。

「メルシーボクー」

通じたようでホッとしました。

「ご紹介が遅うなってすんません。こちらのおふたりはホワイトカスケードグループの最高責任者さんです。アルマンさんとベルナールさんが共同でやってはるグループのホテルが向こう岸にできることはご存じですよね」

木平さんの言葉にハッとしました。

「ええ。お話だけは聞いてますけど、詳しいことはまったく……」

秋山さんの顔が浮かんできましたけど、わざわざ言うような話とは違うでしょう。

「実はそのホテルに華山《はなやま》の支店を出すことになりまして、ご挨拶方々まいりました」

そういうことやったんか。納得しました。

「それはおめでとうございます。ますますのご発展で」

型どおりのお祝いを述べておきました。

「ありがとうございます。華山の支店と申し上げましたが、実際には華山とは切り離す予定で、屋号も『下鴨《しもがも》きひら』にしようと思っております」

木平さんは同意をうながすように、フランス語に翻訳してふたりに話してはります。

「ウィウィ」

ふたりとも上機嫌でうなずいてはります。

「どうぞおてやわらかに」

かしこまってお辞儀《じぎ》しました。

「正式に決まりましたら、あらためてご挨拶に伺いますけど、どうぞよろしくお願いします」

木平さんが腰を折らはったんを見て、ふたりも慌てておなじ仕種をしはりました。

お三方が乗りこまはった車が見えへんようになるまでお見送りするのはいつものことです。

「えらいことになりそうですなぁ」

傍《そば》に控えてた悦子さんが、大きなため息をつきました。

「さぁ、どないなるんやろねぇ。いっぺんにいろんな話が湧いてきて、頭のなかがぐちゃぐちゃになったわ」

こうなったら笑うしかおへん。

「先手打っとくべきでしたな」

悦子さんが悔しそうな顔してます。

「なにを言うてるん。うちが移転するわけにいきますかいな。ましてや近所に支店出すやなんて、そんなことしたら父が化けて出てくるわ」

「そうどすやろか。このままやったら川向こうにお客さん取られるだけと違います？」

悦子さんは悲観的です。

「そうなるかもしれんし、ならへんかもしれん。神さんにしか先のことは分からへんやろ」

自分に言い聞かせるように言いましたけど、内心は穏やかではありません。

今年は激動の年になったなぁと、感慨深いもんがあります。

――料亭の商《あきな》いはな、ジェットコースターに乗ってるみたいなもんや。じりじりとゆっくり上がっていったと思うたら、あっという間に急降下や。地べたにぶつかって一巻の終わり、やと思うたら、またゆっくり上がっていきよる。そしてまた元に戻る。これの繰り返しでうちの店も七代、八代と続いてきた。何代先になってもこれは変わらん。せやさかい料亭の主人たるもん、なにがあっても肚《はら》を据《す》えてんとあかんのや――

父の言葉を嚙みしめながら、夜空を見上げたら、大きな満月が浮かんでました。

老舗料亭ていうと、ずっと変わらんとおんなじような商いを続けてると思われがちですけど、日々刻々《ひびこくこく》と変化し続けてるんです。ええ目が出たら進化て言われて、悪い目が出たら衰退やて言われます。

三脚の鳥居に導かれるようにして、九代目を継いだんですけど、文字どおりその足元を固めるのに、三本の柱で商うようになったのも不思議な話です。『糺ノ森山荘』と『泉川食堂』は順調にいってますし、『タダスノモール』も急成長ていうてもええ成績を残してます。ジェットコースターに喩《たと》えたら、ごとごとと音を立てて、ゆっくり上がっていく途中やと思います。

この先どんな急降下が待ち受けてるのか、想像もつきませんけど、十代目に暖簾をゆずるまで、せいだい気張らせてもらいます。

著者紹介
**柏井 壽**（かしわい　ひさし）
1952年、京都市生まれ。1976年、大阪歯科大学卒業。歯科医・作家。京都関連、食関連、旅関連のエッセイ、小説を多数執筆。
代表作に『おひとり京都の愉しみ』（光文社新書）、『日本百名宿』（光文社知恵の森文庫）、『京都力』（PHP新書）などのエッセイ集、「鴨川食堂」シリーズ、『海近旅館』『京都スタアホテル』（以上、小学館文庫）、「祇園白川 小堀商店」シリーズ（新潮文庫）、「京都下鴨なぞとき写真帖」シリーズ（PHP文芸文庫）」などの小説がある。
近作エッセイは『歩いて愉しむ京都の名所』（SB新書）、近作小説は『鴨川食堂ひっこし』（小学館文庫）。

目次、扉デザイン——bookwall
本文イラスト——加藤木麻莉

この物語は、フィクションです。

本書は、PHP増刊号（2023年１月号、３月号、５月号）に連載された「下鴨料亭味くらべ帖（二）」を改題し、大幅な加筆修正を行ない、書き下ろし「寿司対決」「海老料理対決」を加え、書籍化したものです。

ＰＨＰ文芸文庫　下鴨料亭味くらべ帖２
魚の王様

2023年9月21日　第1版第1刷

著　者　柏井　壽
発行者　永田貴之
発行所　株式会社ＰＨＰ研究所
東京本部　〒135-8137 江東区豊洲5-6-52
文化事業部　☎03-3520-9620（編集）
普及部　☎03-3520-9630（販売）
京都本部　〒601-8411 京都市南区西九条北ノ内町11
PHP INTERFACE　https://www.php.co.jp/
組　版　朝日メディアインターナショナル株式会社
印刷所　大日本印刷株式会社
製本所　東京美術紙工協業組合


ISBN978-4-569-90318-7

PHP文芸文庫

# 京都下鴨《しもがも》なぞとき写真帖2

## 葵祭の車争い

柏井 壽 著

老舗料亭の亭主・朱堂旬の正体は、人気写真家だった⁉ 京都の四季を背景に、迷える人々の悩みを美食で癒やす、好評シリーズ第2弾。

PHP文芸文庫

# 下鴨料亭味くらべ帖

料理の神様

柏井 壽 著

京都の老舗料亭を継いだ若女将のもとに、突然料理人が現れた。彼と現料理長が季節の食材を使い「料理対決」を重ねていくのだが……。